古都鎌倉おもひで雑貨店

深月香 Kaori Mizuki

アルファポリス文庫

JN063150

https://www.alphapolis.co.jp/

目次

第一章　迷い猫と誓いの指輪

（1）

波の音が聴こえる。

振り返ると、こんもりした島が黒い海に浮かんでいた。島のてっぺんには光る塔も見える。つまり、時間帯は夜だ。

ここはどこだろう。

湿った風が頬を掠めた。少し肌寒いが、半袖のTシャツを着ているということは、季節は夏、かもしれない。

そして、俺は、誰だ？

自転車を押して、海岸沿いを歩く俺は、誰なんだ。

どこからやってきて、どこに向かっているのだろう。何もかもさっぱり分からない。

なのに、いやに落ち着いていた。というよりこの心境は、やけくそ、に近いかもしれない。

どうにでもなれ——

なぜか俺の中には、目の前に広がる黒い海と同等かそれ以上の、暗く冷えた悲壮感（ひそうかん）が漂（ただよ）っていた。

それで、今さら慌てたところで仕方ないと、また歩き始めるのだ。

薄暗い道を、車のヘッドライトが照らす。遠くで踏切警報音が鳴っていた。

音のするほうへ進んでいくと、踏切が目に入る。ちょうど遮断機が上がるところだ。

そして線路は一本だけ。

単線ということは、都市部ではないのだろうか。暗くてはっきりしないが、行く手は山に囲まれているようにも見える。

線路に沿って歩けば駅に着くかもしれない。しかし、見回したところそんな道はなかった。仕方なく、線路を越えて静かな住宅街をさらに進んでいった。ところが、複雑な小径（こみち）は迷路のようで、すっかり迷子になる。

いや、迷子って……

最初から彷徨（さまよ）っていたんだし。

俺は妙な諦め方をして、さらに歩き続けた。

やがて、道路沿いに店が並ぶ大通りへと出る。中には営業中の店がいくつかあった。古い銀行を思わせる建物から、オレンジ色の光が漏れる。客が出入りする際に開いたドアから中を覗くと、雰囲気のある店内と、カウンター席で談笑するカップルが見えた。

「おしゃれなバーだな」

気後（きおく）れして、なんとなくやり過ごす。

それからどのくらい歩いたのだろう。かなりの距離を移動した気がするが、少しも疲れていなかった。すると、ふと見上げた先に、商店街のゲートを見つける。

「おんせい？　通り？」

看板には『御成通り』と書かれていた。

すでに商店街のシャッターは下りている。通りを歩く人もいない。

俺はゲートをくぐって進んだ。

「……あれ？」

通りに伸びる明かりを追って顔を上げれば、脇道があるのに気づく。さらに先を行くと、闇の中にぼんやりと一軒だけ営業している店があった。

妙だなと思いながら、店に近づく。木の看板には味のある文字で『おもひで堂』と記してあった。

「思い出？」

アンティークなガラスドアから中を覗くと、色のついた瓶や珍しい鉱物が所狭しと並んでいるのが見えた。それから、誰かの後ろ姿も。

「……あっ」

店の中でゆっくりと振り返ったのは、長い髪をひとつに縛った、美しい顔をした――男、だった。

まるで、アルフォンス・ミュシャのグラフィックデザインを観ているようだ。扉が開き、美しい男が顔を出す。

「鎌倉の夜は、夜らしい、でしょう？」

はじめまして、でも、いらっしゃい、でもなく、男はそう言った。

「夜らしい？」

意味が分からず、相手の言葉を復唱する。

「はい。静かで、暗くて、夜らしいでしょう?」

色んな思いが胸を巡ったが、もう口にはしなかった。

言葉はとても難しくて、不用意な一言が誰かの心を抉ることもある。この人を傷つけてはいけないと、咄嗟に思った。

そんな風に思うのは、俺自身が言葉によって傷ついたり、もしくは傷つけたりしたことがあるからなのかもしれない。

「どうぞ、中へ」

すべてを許し、包み込むような声に、心は穏やかになる。

店から漏れる光を浴びながら、まるでこの場所を目指してずっと歩き続けていたような、そんな、ちょっと高揚した気分になっていた。

§

六月初旬、そろそろ梅雨の入り口だが、その日は朝から眩しい太陽の光が店内に差し込んでいた。

裏駅（鎌倉駅西口）を出てすぐの、御成通りから少し入ったところに『おもひで堂』という雑貨店がある。御成通りは、観光客で溢れる小町通りより、少しばかり落ち着いた雰囲気の商店街だ。

建物をリノベーションした『おもひで堂』の外観は、鎌倉の街に溶け込むような雰囲気のいい古民家風である。しかし残念なことに、訪れる客は少ない。路地裏にあるせいだろうか。

「エイトさん、店番お願いしてもいいですか？」

店先から、長髪の美男子が憂い顔で見つめてくる。実際は憂えてなどいないのかもしれないが、ばさばさの長い睫毛で流し目をされると、そんな風に見えるのだ。

そして、エイト、というのは俺の名だ。

名付け親は彼である。この店にふらっと現れた時、ビリヤードの八番ボールがプリントされたTシャツを着ていたから、エイト……

そこではっと我に返る。

「えっ、俺、一人で、店番っ⁉」

カウンターの中にあるパイプ椅子から、俺は慌てて立ち上がった。

「…………」

彼は肯定も否定もせず、ただ無言で俺を見ている。

「わ、分かりました」

美男子の無言の圧はすごかった。俺はそっと椅子に腰を下ろし、店を出ていく彼の後ろ姿を見送る。ワイドサイズの白いTシャツに黒のスキニーを合わせたシンプルなスタイル。それだけで、モデルさながらのかっこよさだった。

「店長って……年いくつくらいだろう」

美男子は『おもひで堂』の店長で、名前は南雲景（なぐもけい）という。ツヤツヤの肌は産まれたての赤子のようであるし、落ち着き払った言動は老人のようでもある。一般人とは思えない麗（うるわ）しい顔の造作（ぞうさく）は、人間というより妖精に近い。

とりあえず常識の範囲内で予想するならば、二十代後半ぐらいが妥当（だとう）だろう。

「それにしても……」

俺は店内を見渡した。

円柱、角柱、フラスコ、様々な形の瓶。砂糖菓子のような淡い色をした鉱物の標（ひょう）

本。天井から下がるのは、繊細なカッティングが美しいガラスのランプ。ところどころ色が剥げた地球儀や錆びたジョウロもある。

趣はあるが、価値を見いだせない俺からすれば、どれもガラクタだ。南雲さんが、なんともしれない古道具や雑貨が溢れるこの店をやっている理由も謎だ。

「……はぁ」

カウンターテーブルに肘をのせ頬杖をついて考え事をしていると、なんだか眠たくなってきた。店は暇だしやることもない。だいたい、なんでここにいるのかも分からない。

「いつまで、こんなことやってなきゃならないんだろう」

俺はテーブルに突っ伏して、独りごちた。

「……俺こそ、いったい、何歳で、何者なんだよ」

一番の謎は、俺自身の正体だった。

三日前にふらっと『おもひで屋』に辿り着き、南雲さんに拾われ、バイトとして雇ってもらうことになった。

なぜなら、俺は、記憶喪失、だからだ。しかし、記憶が無いだけであとは至って健康体だ。働くこともできる。

警察には南雲さんに相談してもらったが、まだ手がかりはない。本来なら一時的であれ福祉施設等に入所するところ、南雲さんが身元引受人になってくれたおかげで、このように気楽に暮らしている。つまり、住まいや食事を提供してもらう代わりに、店番をしているというわけだ。

「それに、なんで……南雲さんは俺をここに置いてくれるんだろう」

南雲さんは「人手が足りないから」と言っていたが、たぶんでまかせだ。周りは行列店ばかりの観光地で、唯一流行(はや)ってないこの店に人手がいるとは思えなかった。

つまり、南雲さんはちょっと変わっているけれど、いい人だ。

口数は少ないし、無表情だけど、いい人だ……と思う。

見ず知らずの俺をここに置いてくれるんだから、いい人……だよな？

俺から何も聞き出そうとはしないし、急(せ)かすようなこともない。ただ、毎日美味(おい)しい食事を与えてくれ、あたたかな寝床を用意してくれる。

「そんないい人いるのかなぁ？」

別の狙いがあったりして……と多少不安になった。

ふと、棚にある古びた卓上ミラーに目が留まる。

立ち上がって覗き込んでみるが、鏡は曇っていて、顔がはっきりと映らない。髪が伸び放題でボサボサなのは、なんとなく分かった。ちゃんと顔は洗ったし歯磨きもした。その時、鏡を見たはずなのに記憶がない。俺は髪を撫で付けた。

「……顔はどうでもいいか」

俺はTシャツを捲って腹を見た。

「ほ、細え……」

たいして筋肉も付いていない華奢な体に、魅力があるとも思えない。

もしかして好意を持たれているのでは、なんて、ちらっと考えてみたが、それこそ安易すぎる。

「そもそも、俺に興味なさそうだしな……」

日がな一日店の隅っこで読書にふける南雲さんの姿は、まるで世捨て人だ。

南雲さんの真の狙いも、結局見当は付かなかった。

「そうは言っても、いつまでも世話になるわけにもいかないよな」

俺はカウンターの上にあるノートパソコンを開いた。もちろん、自由に使っていいと言われている。

パーソナルデータが分からないだけで、一般常識から日常生活における一通りのことは頭に入っている。だから、ネットで検索するのだって当然できるわけだ。

「エイトボール、Tシャツ」

すぐさま、俺が着ていたものと同じTシャツが出てきた。ビリヤードのボールと一緒にプリントされていた、落書きのようなぐちゃぐちゃの文字が実はロゴで、十代に人気のブランドだと判明した。

「もしかして、俺、まだ十代なのか?」

もう一度、鏡を覗くが、やっぱり曇った鏡では分からない。

むしろ、学生だろうが社会人だろうが、今の俺には大差ない。

「考えるだけ無駄か……」

俺は一気にやる気を失い、カウンターに突っ伏した。開いた窓の向こうから、賑(にぎ)やかな声が聞こえ、少しだけ顔を上げる。前髪の隙間から見えるのは、楽しそうにはしゃぐ女子のグループだった。

ところが、まったく『おもひで堂』が目に入っていないのか、目的地まで一直線なのか、あっという間に通り過ぎていった。

「あーあ。暇だー」

俺と鎌倉、どういう関係があるのだろう。うとうとしながら思いを巡らす。

古都鎌倉といえば、源頼朝が幕府を開いた地であることや、鎌倉大仏などが思い浮かぶ。しかしそれらの知識は、中学校で学んだようなものばかりだ。

地元民ならではというような情報は、俺からは何ひとつ出てこなかった。

「なんで、鎌倉……なんだ……ろ」

いよいよ睡魔に負けて、瞼がくっつきそうになった時だった。

「みゃあ」

鳴き声に僅かに目を開けると、開いた窓の縁に黒猫が上っている。

「わっ、やべ……！」

そう思った時にはすでに遅く、ガラス瓶をなぎ倒しながら黒猫が店内に侵入してきてしまった。

床に着地した黒猫は、辺りに散乱したガラクタを見て驚いている様子だ。俺はそばまで行き、しゃがんで青いガラス瓶を拾い上げる。アンティークなデザインの瓶は分厚いガラスでできていたため、衝撃にも耐えてくれたようだ。

「おいおい、何やってんだよ。お前だって怪我するところだったんだぞ?」

黒猫は怯えているのか、金色の目を真ん丸にしていた。いや、よく見ると黒猫ではない。正確には黒白猫だ。ほぼ黒猫だが、お腹の部分だけ毛が白い。

首輪をしているので、飼い猫だろう。今どき珍しいけれど、放し飼いなのかもしれない。

「まぁ、不幸中の幸いってことだ。次から気をつければ良し」

俺は黒白猫を励ましてみたが、伝わったかどうかは分からない。

「お前、近所の猫?」

「みゃあ」

「……どっちだよ」

もしかしたら、黒白猫も迷子かもしれない。そう思うと親近感が湧いてきた。

そこで、思いがけずドアが開く。店長が戻ってきたのだろうと、ホッとして顔を上げた。

「……あっ」

「こんにちは。営業中ですか？」

見上げた先で、ウェーブした栗色の髪がふわりとなびいた。

鈴を転がすような声とはこういうのを言うのだろうか。

涼し気なミントグリーンのワンピースにサングラス、可愛らしくも大人っぽいコーディネートについ見惚れる。すると、艶やかなロングヘアの女性はそっとサングラスを外した。

俺は驚いて瞠目する。

女神、みたいだ。

「あの、営業中ですか？」

「は、はいっ……！　営業中です」

ここ二、三日で、南雲さんにやっと見慣れてきたところだったのに。あまりにも美しい女性を前に俺は狼狽えた。それにしてもこの世の中、美貌の持ち主が多すぎじゃないか。

「……私の顔に何か？」

「い、いいえ」

　俺は何度も目を瞬かせた。見覚えがあるような気がするが、勘違いかもしれない。どこかで会っていたのなら、こんな美人を忘れるわけがないと思った。

「あの、ここ、『おもひで堂』ですよね？　さっき人から聞いて。ここでなら、欲しいものが見つかるかもしれないって」

「えっ、そうなんですか？」

「……そう、だと、いいんですが」

　女性は悲しそうに眉尻を下げた。まずいことになった気がして、焦ってしまう。

「え、ええと。俺、バイトで……今、店長が」

　そこで再びドアが開き、タイミング良く紙袋を手にした南雲さんが現れた。黒白猫が、「みゃあ」と鳴いて、南雲さんの脚にまとわりつく。これで何とかなりそうだと、俺は胸を撫で下ろした。

「いらっしゃいませ」

　南雲さんは紙袋を棚に置き、ふう、と息を吐いてから顔にかかった長い前髪を掻き上げた。

　愛想はないが、美男子が接客しているというだけで神々しいのはなぜだろう。

「というわけで、今、店長が戻りました」

俺は、女性に説明しながら立ち上がる。どうやら女性も南雲さんのビジュアルに驚いているようだ。

「……あの」

「思い出をお探しですか？」

戸惑う女性に向かって、涼しい顔で南雲さんは言った。

思い出を探しているか、だって？

普通に、雑貨を買いに来たんじゃないのか？

とんでもないイケメンが、とんでもないことを言い出したのを、俺はハラハラしながら見守る。

「はい。別れた恋人との思い出を探しています」

しかし女性は真面目（まじめ）な声で返した。

「どうか……どうか、彼からもらうはずだった大事な指輪を売ってください」

彼女は今にも泣き出しそうな顔でそう言った。

「では、少しお話を伺えますか？」

折りたたみのスツールを取り出し、そこに座るよう南雲さんは女性にすすめた。どうやらこの場で、買い物客と店員の面談が始まるようだ。

俺はカウンターの中に戻り、ここから二人の様子を窺うことにする。

「何から話せばいいでしょうか？」

女性がスツールに腰を下ろした。

「お名前と年齢、職業などを教えてください」

南雲さんは淡々と質問する。

まるで事情聴取だ。買い物客に訊くようなことだろうかと、俺は首をひねる。

「神林レイ、二十五歳です。職業は……今は、無職です」

「では、神林様が欲しい商品について、もう一度詳しく聞かせてください」

南雲さんはメモを取るでもなく、レイさんと向き合って座り、悠々と脚を組んでいた。まったくもって、接客業だとは思えない態度だ。

「おつきあいしていた彼から誕生日に指輪をプレゼントしてもらうはずでした。オーダーメイドの一点ものです。だけど、事情があっていただく前にお別れすることになりました。でも私、まだ彼のことを思ってます。もう元には戻れませんけど、せめて、指輪だけでも持っていたくて」

……ええっ？

思わず声が漏れそうになり、俺は慌てて両手で口を押さえた。

別れた恋人がくれるはずだった指輪が欲しい？

それを買いにここへ？

突っ込みどころが多すぎて、頭が混乱し始める。

そんなものここに売っているわけな……

「かしこまりました。詳しいデザインなど、お分かりの範囲で構いませんので、注文書にご記入いただいてもよろしいですか？　エイトさん、そこの棚にあるので持ってきてください」

俺は南雲さんが指差すほうを振り返る。棚に手を伸ばすと、クリップボードに挟まった注文書があった。

本気なのか……？

俺は仕方なしに、注文書とボールペンをレイさんへ渡しに行く。

「これに記入してください」

腑に落ちないながらも、バイトの仕事をするしかない。

「分かりました」

レイさんは達筆な文字で欄を埋めると、注文書を南雲さんに渡した。

「入荷までに数日かかりますが、ご用意いたします」

南雲さんは、はっきりとそう言った。それを聞いて、レイさんは嬉しそうに微笑む。

「ありがとうございます。よろしくお願いします」

どうやら商談は成立したようだ。俺はあんぐりと口を開けたまま固まる。

「それじゃ、また来ます」

レイさんは店に来た時よりも晴れやかな表情で店を出ていった。

そして黒白猫は相変わらず南雲さんのそばを離れない。

「みゃあ。みゃあ」

「おいで」

南雲さんは黒白猫を抱きあげた。

「ええと……、その猫、南雲さんのお知り合いですか？」

黒白猫が南雲さんになついているのが気になったとはいえ、おかしな質問の仕方をしてしまったのは、まだ混乱の最中だったせいかもしれない。

「いえ。初対面です」

黒白猫を撫でながら、南雲さんが言った。

「それから、さっきのお客さんの注文、受けても良かったんですか?」

「はい。大丈夫です」

俺は困ってしまい頭を掻く。これ以上、南雲さんに質問しても無駄な気がした。それでも、口をついて出てしまった。

「こんなこと南雲さんに訊いてもどうにもならないんですが、俺と鎌倉って何か関係あるんでしょうか?」

南雲さんがゆっくりと俺のほうに顔を向けた。黒白猫の目と似た色の、琥珀色の瞳はやはり何かを憂えていたり、哀しんでいたりしているように見える。くだらない質問をしたせいだろうか。

「少し、散歩しませんか?」

「えっ?」

「鎌倉の街を歩いてみたら、何か思い出すかもしれませんし」

「ああ、そうですね。それは確かに」

南雲さんは黒白猫を床に下ろすと、棚から紙袋を持ち上げて言った。

「とりあえず、ランチにしましょう。美味しいパンがあります」

「は、はい。いただきます」

お昼ごはんのパンを買いに出かけていたのか。

それにしても、何から何までいたれりつくせりだ。

しかし、店を開けておいて散歩なんかする暇あるのだろうか。

俺は南雲さんを改めて凝視する。男性にしては線の細い体つき、透明感のある肌、端整な顔立ちに、さらさらのロングヘア。

何もかも、美しい。こんなところに存在しているのが不思議なくらいだ。

再び、通りを行く人々の明るい笑い声が聞こえてくる。

そしてやっぱり店の前を素通りしていった。

観光名所の駅近という立地条件の良い場所に店を構えておいて、のんびりと営業していること自体、不思議としか言いようがなかった。

(2)

ドライフルーツが練り込まれた天然酵母を使ったハード系のパンは、噛めば噛むほどに味が滲み出てくる。丁寧なパン作りを思わせる、深みのある味わいだ。

また、旬の野菜がたっぷりと盛られたオープンサンドには、視覚から食欲を刺激された。トマトの赤、パプリカの黄色、ブロッコリーの緑。色鮮やかな野菜と手作りソーセージがパンと一緒にこんがりローストされていて、香ばしいうえに歯ごたえも良い。

木のトレイに載ったパンに、また手が伸びる。もう三個目だ。

店舗の二階にある居住スペースのダイニングで、俺は夢中になってパンにかじりついていた。南雲さんがどこからか調達してきてくれたパンは、とにかくどれも美味しい。

「コーヒーどうぞ」

味のある青磁色のマグカップがテーブルに置かれた。コーヒーまで淹れてくれるなんて、サービスがいい。

「ありがとうございます。だけど、どうして、こんなに親切にしてくれるんですか?」

俺は率直な疑問をやっと口にした。

「行きがかり上、です。こうする他ないので」

南雲さんはそう言うと、ダイニングテーブルに着き、自分のコーヒーに口を付ける。

「いや、別に、赤の他人なんですから、放り出してもいいわけで。だって、普通に、迷惑でしょう?」

俺がさらに食い下がると、南雲さんはいつもの憂えた表情で俺を見返した。

「部屋もちょうど空いていましたし」

2DKの室内には必要最低限のものしかない。キッチンを除いたダイニングルームで目につくものは、白い壁に映えるシンプルな木製の食器棚、それから同じく木製のテーブルと椅子だけ。他には何もない。

それから、俺の部屋にも、南雲さんの部屋にも、ベッドと収納棚があるだけで、思えば、時計さえなかった。食事をして風呂に入り寝るだけなので問題ないのかもしれないが、普通の生活ってこれだけだったかなと、ふと疑問に思う。

「それに……」

南雲さんが、ことん、とマグカップをテーブルに置いた。

「エイトさんが思い出さないと、私もすっきりしないんです。報われないと言いましょうか……」

「……はぁ」

また変なことを言い出した、と俺は警戒する。

「そのうち、エイトさんもうちの店で欲しいものが見つかると思います。それで、帳尻が合うはずです」

「え……、あの店にあるもので欲しいものなんて……いや、買いますよ、買いますけど……」

あそこにあるガラクタを俺が買い上げたところで、たいした儲けにはならない。帳尻が合うはずないのだ。

「見つかるといいですね」

南雲さんはトーストしたバゲットを、小皿に入ったオリーブオイルに浸し、口に入れた。豊かな香りが漂ってきて、俺の喉が鳴りそうになる。

「ここのパン、どれも美味しいですね」

ゆったりと流れる時間、美味しいパンとコーヒー。嫌なことや煩わしいこともない。このまま記憶が戻らなくても構わないような気さえしてしまう。

どうせ忘れるくらいの記憶だし。

満腹になったせいか瞼が重くなる。横になって眠りたいところだが、それはさすがにあんまりだろう。

「美味しいと感じられることは、幸せです」

南雲さんがぽつりと言った。日が陰り、僅かに室内が暗くなる。窓際ではターコイズブルーのカーテンが揺れていた。空気にじめっとした湿り気を感じる。雨になるのかもしれない。少しだけ頭が重く感じられた。

「欲しいもの、見つかるといいですね」

南雲さんの言う欲しいものが何なのか、俺には見当も付かなかった。記憶がないのだから仕方ない。ただ耳に流れ込む穏やかな低い声が心地よくて、俺はゆっくりと目を閉じた。

§

午後から鎌倉の街に小雨がぱらつき始めた。俺と南雲さんは、傘を差して石段を上っている。両脇には、青紫、赤紫といった、色鮮やかな紫陽花（あじさい）が咲いていた。雨に濡（ぬ）れていっそう美しく見える。

紫陽花の学名は『ハイドランジア』、ギリシャ語で『水の器（うつわ）』を意味するらしいと南雲さんが教えてくれた。雨を受けて咲く花にふさわしい、美しい名だ。

「それにしても、人が多いな」

俺は小さく息を吐く。

長谷観音（はせかんのん）で有名な長谷寺（はせでら）は、一年を通して様々な花が見られるが、特に六月の紫陽花が咲く時期は賑わっている。あじさい路は、前にも後ろにも行列が伸びていて、観光客が差す傘までも色とりどりの紫陽花のようだった。

「見頃（みごろ）ですから」

南雲さんは傘を傾（かたむ）けて、経蔵（きょうぞう）を見下ろす。紫陽花で埋め尽くされた斜面は壮観（そうかん）だ。

水色の手毬（てまり）、青の手毬、紫の手毬。気づけば周囲を紫陽花に囲まれていた。幻想的で趣のある景観（けいかん）に心を奪われる。

「それに、次の機会は、誰にでもあるわけじゃないので。この美しさは、この瞬間だけのものです」

混雑していても、一番美しく咲いている紫陽花を見に来る価値はある、ということだろうか。

「俺、たぶん、長谷寺に初めて来ました。紫陽花にさほど思い入れもないし。もしかしたら修学旅行で来たことくらいはあるかもしれませんが、個人的に鎌倉とは縁もゆかりもない気がします」

わざわざ店を閉めてまで、長谷寺に連れてきてもらって申し訳ないと思っていた。南雲さんはおそらく、俺が記憶を取り戻す手がかりを一緒に探してくれているのだろう。

「初めてでしたか。それは良かった。エイトさんに紫陽花をお見せしたかったので」

南雲さんはそう言ってさらに階段を上っていく。

俺も黙ってそのあとを付いていった。

「おおっ」

頂上に辿り着くと、眼下には素晴らしい鎌倉の街並みと由比ヶ浜が広がる。歴史の重みや壮大な海に、心が洗われるようだった。

ここ長谷寺は奈良時代に創建されたそうだ。となると、千年以上昔、この景色を目にした者がいるのかもしれないということだ。そう考えると、やはり感慨深かった。

「あちら側に見えるのは三浦半島です。天気が良い日は伊豆大島まで見渡せます」

「……へえ」

曇り空の下でくすんだ海岸をながめていると、なぜか胸がざわついた。

――江ノ電に乗って、由比ヶ浜駅で降りればいいんじゃない？

ふいに、若い女性の声が耳に飛び込んでくる。レイさんの声に似ていた気もするが、違うかもしれない。

俺は咄嗟に辺りを見回すが、年配の観光客ばかりでそれらしい人物は見当たらなかった。

「話しかけられたのかと思った……」

まるで誰かに声を掛けられたかのような感覚に、ますます気持ちが落ち着かなくなる。

──バインミー食べる？

今度は聞き覚えのある声が頭の中に響いた。

──ずっと言いたかったことがあるんだ。

この声は……

「……俺？　どうして？」

それは、紛れもない俺自身の声だった。驚いて立ち止まったまま動けなくなる。鼓動はどんどん速くなり、息苦しさを覚えた。

「どうかしましたか？」

訝（いぶか）しそうにする南雲さんに、どう伝えればいいのかも分からない。次第に傘に当たる雨音が大きくなっていく。ボツ、ボツ、ボツ。

「いえ、なんでもありません。そろそろ戻りませんか？」

俺はすぐにでも『おもひで堂』に戻りたくなった。

「そうですね。雨も強くなってきましたから」

様子のおかしい俺に気づいているはずなのに、南雲さんはそれ以上深く立ち入ることなく、無表情のまま佇(たたず)んでいた。

やがて、鎌倉に夜の帳(とばり)が下りる。

すでに閉店した『おもひで堂』のカウンターで、俺はノートパソコンを開いていた。

「長谷寺……か」

長谷寺のサイトをながめるが、記憶と紐(ひも)づくような情報は見つからなかった。

「道のりに何か手がかりあったかな?」

思い出そうとしても、たった数時間前の記憶もあやふやである。記憶障害は思った以上に重いのかもしれない。

たぶん、鎌倉駅から長谷寺までのアクセスは、バスに乗って「長谷観音」停留所で降りるか、江ノ電で長谷駅まで行くかのどちらかだろう。

今日は、バスと電車、どっちに乗ったんだっけ……俺は頭を抱える。そこで誰かの声がした。俺はびくりとして顔を上げる。

――散歩しながら行こうよ？

昼間聞いたのと同じ、若い女性の声だ。店の前の通りにはもちろん人はいない。確かめるまでもない。それが自分の中から聞こえてくる声だと、すでに理解できていたからだ。

「……何なんだよ、気味が悪いな」

寒気がして思わず腕をさすった。

誰もいないのに声がするという体験は、ひたすら不快でしかない。

「もしかして、これが、記憶、なのか」

俺の頭の中はがらんどうだ。声を手がかりに探ることもできない。つまり、引き出しを開けたところで空っぽの状態なのだ。

「嫌な気分だな」

語りかけてくる声の持ち主は誰だろう。

知りたいような知りたくないような、複雑な気持ちだった。

ズキ、と頭が痛む。

声に耳を澄まそうとすると、切ないような物悲しいような気分になる。

「……思い出したくない」

分かっている。今の俺は記憶を必要としていない。もしかしたら、自ら過去を封印したのではないかとさえ考えている。

「いや、フツーそんな器用なことできないだろ……とりあえず、南雲さんに世話になってるぶん、働くか」

ハンディーモップを手に、雑貨の並ぶ棚へ向かった。優しく撫でるように雑貨に積もった埃(ほこり)を取る。棚の上も丁寧にモップを滑らせた。

「みゃあ」

「えっ？」

棚の一番下から黒白猫が顔を出す。

「嘘だろ、どうしてここに？　出かける時、外に出したはずだよな」

「みゃあ、みゃあ」

黒白猫は鳴きながらモップに飛びつこうとする。

「これはお前の獲物じゃないって。あ、もしかして、お腹空いた？」

抱きかかえようとして腕を伸ばすと、黒白猫は素早く棚の下に潜ってしまった。南雲さんにはなついていたというのに、どうやら俺のほうは警戒心を持たれてしまったようだ。

「ほら、おいで。南雲さんが、お前にも食事を用意してくれるはずだから。安心しな。南雲さんは、いい人だ」

とはいえ、餌付けするのは良くないだろうか。

とにかく、南雲さんはひどいことはしないから。南雲さんはいい人だから。

「ほら、出てこいって。信じて大丈夫だから」

そうやって猫をなだめつつ、まるで自分に言い聞かせているようでもある。

とうとう俺は床に這(は)いつくばって、棚の下に手を突っ込んだ。

「みゃあ」

しかし黒白猫は奥に引っ込んだまま出てこようとしない。ほとほと困っていると、店の奥から足音がした。

「エイトさん、どうしたんですか？」

「ええ、実は……」

俺は寝そべった体勢で南雲さんを振り返った。

南雲さんは前髪を後ろに流し、眉間に皺を寄せている。俺は慌てて立ち上がり、埃を払った。

「昼間の猫が、棚の下に潜っちゃって」

南雲さんは床にしゃがみ、小さく頷いて猫のほうへと手を差し伸べた。長い髪は少しばかり湿っている。そう言えば、頬はほんのり上気していた。風呂上がりなのかもしれない。

「おいで」

黒白猫はするすると出てきて、甘えるように南雲さんの手に顔を擦り付けた。

「お前も、欲しいものが見つかるまでここにいるといい」

心地よい低音の、優しい声だ。

南雲さんの言葉が分かったかのように、黒白猫はすっかりおとなしくなった。

それから三日後の六月中旬、南雲さんはアクセサリーコーナーのディスプレイを変更していた。一番目につくところに、新商品のリングが並んでいる。どの指輪も、気の利いたデザインをしているし、キラキラした石がついているものもあり……とても高価そうに見える。

「南雲さん、指輪をここに並べて大丈夫なんですか？」

本来なら、鍵の付いたショーケースに入れるような品物じゃないだろうか。俺は床を箒で掃きながら訊いてみた。

「はい。大丈夫です」

「あ、もしかして、この指輪って、神林さんの？」

美人のお客様、レイさんの指輪の件を俺は思い出した。

「そのとおりです」

「似たような指輪が見つかったんですね。それは良かった」

「…………」

すると南雲さんは、無言で俺にプレッシャーをかけてくる。

俺、間違ったこと言った？

ヒヤヒヤしながらも、愛想笑いを返すほかない。

「そろそろ、お客様が来店される頃です」

南雲さんがそう言った途端、ゆっくりと店の扉が開いた。まるでタイミングを見計らったかのようである。

「朝早くからすみません」

そこへ現れたのは、爽やかなミントグリーンのワンピースを着たレイさんだ。ワンピースのデザインはシンプルながら、裾（すそ）の部分にはたっぷりとレースがあしらわれ、華やかさもある。前見た時も思ったが、レイさんの雰囲気にぴったりだった。

レイさんの登場に俺の胸は高鳴った。もしかしたら若干顔が緩んだかもしれない。だけど、レイさんを前にしたら、そうなるのも仕方ないと思う。

それにしても、不思議だ。南雲さんはレイさんが来店するのを予想していたかのようだった。

「いらっしゃいませ」

俺の戸惑いをよそに、南雲さんは平然とレイさんを招き入れる。

何だか、奇妙な光景をながめているような気分になった。

（3）

細くて華奢なゴールドのリングを三つ重ね付けするのはおしゃれだし、先端にパールが付いたオープンリングは個性的だ。

しかし、レイさんならば、一粒ダイヤが輝く、上品な指輪を選ぶのではないだろうか。アクセサリーコーナーの前に立つ彼女を、俺はじっと見守っていた。

「わあっ、これです。どうして……でも、良かった」

レイさんは両手で口元を隠しながら、感嘆の声を上げた。

「どうぞ手にとってお確かめください」

南雲さんが促すと、レイさんは目当ての指輪を手にとった。

「えっ……！　それ？」

俺は思わず、カウンターの中で叫んだ。

レイさんは、はにかみながら「はい」と答えると、大事そうに指輪を撫でる。

俺の予想は大いに外れ、レイさんは一番シンプルな指輪を手にしていた。それは、アルファベットの「S」がデザインされただけの、特に特徴のないリングだった。意外だけど、レイさんと元カレの趣味で選んだものならば仕方ない。勝手に納得する俺だった。

「指に嵌めてみませんか？」

南雲さんの言葉に、レイさんは静かに頷いた。それから、薬指に指輪を嵌め、顔の前にかざして嬉しそうに微笑む。

「サイズもぴったり。この指輪を付けられる日が来るなんて、夢みたい。彼と一緒にデザインを決めてオーダーしたんです」

まさか、わざわざ南雲さんが再オーダーしたとか？

この短期間でそんなにうまく話がまとまるとは思えない。何か裏がありそうだ。しかし今は、そんなことよりレイさんが心配だ。俺は指輪の件がどうしても腑に落ちなかった。

レイさんの恋する表情は、どんなアクセサリーよりピカピカと輝く。元カレのことが本当に好きだったのだろう。俺はどんどん複雑な心境になっていった。

「南雲さん、ありがとうございます。肌身離さず大切にします」

別れた恋人との思い出を、そこまで大事にする必要はあるのだろうか。

むしろ、忘れたほうが建設的じゃないだろうか。

「やめたほうがいいんじゃ……」

そこで、うっかり口を滑らせてしまった。間違いなく、レイさんに聞こえてしまっただろう。それでも、考え直してくれるほうがきっといい。俺は口を引き結んだ。

もう、傷ついてほしくないから――

「エイトさん」

南雲さんは、窘(たしな)めるように俺を見る。やはり、雑貨屋の店員が口出しするようなことではなかったのか。

「そうですね……私が思いを残したら、迷惑かもしれない……」

レイさんの顔がみるみるうちに曇り、余計なことを言ってしまったと少し後悔する。

言葉はやはり難しい。どうにか挽回(ばんかい)しようと、俺は思考を巡らせた。

「ええと、その……よりを戻すことはできないんですか?」

視界の端には、こめかみを押さえる南雲さん。言葉を発した瞬間に、誰よりも俺が失言だったと理解した。焦れば焦るほど、背中に嫌な汗を感じる。

一度口にしたことは取り消せないというのに、なんてことを言ってしまったのだ。よりを戻せなんて、傷口に塩を塗るようなものだろう。

思いが先走って空回りしてしまうのは、俺の悪い癖だ。

悪い癖……？

やはり、前にもそんなことがあったのだろうか？

霞(かすみ)がかかった記憶を探りながら、俺は目を細める。

似た失敗をいつもしているような気がするが、具体的なシーンは思い出せず、焦燥感に駆られた。

「もう、元には戻れないんです」

その台詞に、俺は目を見開く。悲しそうなレイさんの顔が目に入り、俺はますます慌てた。

「す、すみません、俺……」

「あの、少しだけお話を聞いていただけませんか？」

するとレイさんが、俺に向かって柔らかく笑った。

「俺なんかで良かったら、いくらでも聞きます。愚痴(ぐち)でもなんでもぶっちゃけてください。レイさんみたいな綺麗な人を振るなんて、信じられません！」

テンパる俺を見て、レイさんは「ありがとう」とまた笑った。大袈裟(おおげさ)かもしれない。だけど、本音だった。

「別れることになってしまったけど、彼のおかげで私の人生は素晴らしいものになりました。仕事がうまくいかず苦しかった時、悩みを打ち明けることのできる唯一の相手でした。どんな時も私を励まし、支えてくれたのが彼です。彼がいなかったら、私は責任を放棄して、大切な人たちの前から逃げ出していたかもしれない。そんなことしていたら、ひどく後悔して、今ここに立っていることもできなかったはず。こうして、すっきりとした気持ちでいられるのは、彼のおかげです。心から、彼と出会えたことに感謝しています。ほんの少しの時間だったけれど、幸せでした。できることなら、私という存在が消えてなくなるまで、彼を好きなままでいたいんです。でも、我儘(わがまま)かもしれませんね……。彼のためにも未練なんて抱いてはいけないのに」

「未練……？」

俺は、それとは違うと直感した。

未練と聞くとマイナスなイメージが先立ってしまうけど、レイさんの思いはもっと浄化されているような気がしたからだ。

話を聞いていると、俺まで胸がぎゅっとして切なくなる。

それはただ、純粋に過去の恋人を思っているだけの、密やかでいて、あたたかい心だった。別れたあとも相手のことを大事に思うレイさんの生き方が、俺の胸に刺さったのだ。

レイさんを応援できるような、意味のある言葉はないだろうか。

しかし、どんなに考えたところで思いつかない。俺の頭の中は、やっぱりがらんどうになってしまったのかもしれない。

「未練ではありませんよ。神林様が手にしているのは、思い出です」

南雲さんが穏やかに言った。

「曖昧で迷いやすいものですが、未練と思い出は別ですよ。未練を残して次に進むのは難しいけれど、思い出は先に行くための糧となります」

ああ、それだ、と俺は深く頷く。

思い出とはそういうものだった。疲れた時にそっと寄り添ってくれたり、勇気が持てない自分の背中を押してくれたり。心の中に持っているだけで、明日を生きる力をくれるものだったはずだ。

「私、この指輪を持っていていいんですね……」

「もちろんです。これは、神林様の思い出ですから」

南雲さんの言葉に、レイさんもホッとしたような顔になる。

良かった。レイさんの手元に思い出が戻って良かった。いつしか、自分のことのように嬉しくなっているのに気づく。

思い出は、他人のものだったとしても、触れると優しい気持ちになれるものだ。

レイさんの指輪はシンプルだけど、どの指輪よりも煌めいているように見えた。

きっと、思い出が詰まっているからに違いない。

「おいくらですか?」

それから、レイさんは指輪を嵌めたままお会計を済ませると、南雲さんと俺に軽く会釈した。

「お世話になりました」

とても清々しい表情だ。眩しくて、レイさんから目が離せなくなる。

「あ、あの」

それでつい、店を出ていこうとするレイさんを、俺は引き止めてしまった。それに、問いたいこともあったのだ。

「思い出って、やっぱり、いいものですよね？」

口にした途端、恥ずかしくなる。

「……って、何言ってんだよ。すみません。またお店に来てくださいね」

笑ってごまかそうとするが、レイさんも南雲さんも怪しむような表情になった。

「いや、その……」

記憶を失ってしまった俺だけど、思い出という概念だけは覚えていたということが分かった。だけど、確信が欲しかったのかもしれない。記憶を取り戻すことを恐れる必要はないのだと。

そこでレイさんが言った。

「はい。思い出はいいものです。良い思い出はもちろん、悪い思い出の中にも時が経てば印象が変わるものがあるから、思い出って不思議ですよね。仕事を辞めたいと悩んだ日々さえ、懐かしいと思えます」

「そんなもんなんですね……」

「すべて消してしまいたいと考えた時もあったけど、思い出がなんにもないのは、寂しいですよね。生きているから今が思い出になる。誰にでも思い出はあると信じています。きっとあなたにも」

レイさんがふわりと微笑む。

「あの、余計なことかもしれませんが、前髪、切ったほうがいいですよ」

「は、はい。そうっすね。ははは」

俺は髪を掻きむしった。

「とても綺麗な目をしているから」

レイさんの言葉に照れくさくなる。

「それじゃ、私はそろそろ。最後に御礼を言わせてください。思い出が見つかって良かった。お二人に会えて良かった。本当に、ありがとうございました」

名残惜しいとは、こういう気持ちのことだろう。俺はいつまでもレイさんを見ていたいと思った。だけど、それは叶わない。きっと、もうお別れだ。ただの客と店員なのだから。俺は覚悟して、そっとレイさんの背中を見送る。

さよなら、レイさん。

静かに『おもひで堂』の扉が目の前で閉じられた。やがて、乱反射した夏の強い日差しがガラスを突き抜けてくる。眩しさに思わず目を細めた。

きっと、誰にでも思い出はある。

思い出が見つかって良かった。

レイさんの心からの思いは、じわりと俺の心にも染み入っていった。

現金かもしれないが、レイさんを見送ったあとは、お楽しみのランチが待っていた。腹が減っては戦ができぬ、である。

ちょっと殺風景だが居心地のよい二階のダイニングには、海の匂いが漂っている。

俺はわくわくしながら、テーブルについた。

「今日もウマそうですね」

木製のプレートに盛られているのは、おにぎり、卵焼き、温野菜。それから、味噌汁も付いている。

「直売所で買った釜揚げしらすでおにぎりを作りました」

南雲さんはデニムのエプロンを外し、壁のフックに掛けた。

「直売所？」

「長谷駅の近くにある直売所ですよ」

先日、長谷寺に出かけた時に購入したのかもしれない。その時の情景を思い出そうとしていると、途中でお腹が鳴ってしまった。美味しそうな食事を前に、空腹の限界だ。

「食べましょう。いただきます」

南雲さんは手を合わせた。

「いただきます」

俺も手を合わせる。

しらすのおにぎりは初めてだ。プレートには、おにぎりがふたつ載っている。

「しらす、大葉（おおば）、ごまを混ぜたものと、しらす、チーズ、めんつゆを混ぜたもの、おにぎりは二種類の味にしました」

「いつもありがとうございます」

「いいえ。どうぞ召（め）し上がってください」

恐縮しつつも、俺はおにぎりに手を伸ばす。

鮮やかな緑と香りにつられ、まずは大葉としらすのおにぎりを口にした。ごはんには、しらすの塩気だけでしっかりと味がついている。大葉とごまのアクセントも絶妙だ。ぺろりと一個を平らげてしまった。

「この組み合わせ、最強っすね！」

「そうですね」

嬉々とする俺に対し、南雲さんは相変わらずクールだった。はしゃぎすぎたかなと少々反省しながら、俺は二個めのおにぎりに手を伸ばす。

しらすとチーズのおにぎりは、意外にも相性が良い組み合わせだった。めんつゆがふたつの素材をうまく繋いでおり、濃厚な味わいに満足感が得られるところもいい。

「こっちも、ウマいです」

「エイトさんはなんでも美味しそうに食べるんですね。作りがいがあります」

やっぱり無表情ではあるけれど、南雲さんも喜んでいるような気がする。

そして、待望の卵焼きは懐かしい甘めの味付けだった。

懐かしい……？

記憶のない俺にでも、懐かしむものなんてあるのだろうか。

続いて、カラフルな温野菜へと箸は向かう。大根、人参、ズッキーニ、オクラ。それから……。断面が赤と白の渦巻きになった野菜の名前が分からない。

箸で持ち上げ、食い入るように見つめる。

「渦巻きビーツという野菜です。輪切りにすると、同心円状に赤い輪があります。ビーツは赤カブに似ていますが別物のようです」

「ビーツ……なんか、おしゃれな食いもんですね」

俺は恐る恐る渦巻き模様の野菜を口にする。

「……やわらかくて甘い」

野菜の自然な甘みが口いっぱいに広がった。

「どれも、レンバイの鎌倉野菜です」

「レンバイ？」

「鎌倉市農協連即売所の愛称で、近くにある農作物直売所のことです。色んな野菜が袋詰めになったものを買ったので、お得でした」

南雲さんは味噌汁を飲んで、ふぅ、と満足そうに息を吐いた。

「いい香りですね」

味噌汁の椀を手に取ると、ふわっと磯の香りが鼻腔に届く。ねぎとあおさの素朴な味噌汁。とろりとしたあおさがとにかく美味しい。

非常に、幸せだ。

このままずっと、鎌倉で、南雲さんにお世話されていたい。

南雲さんみたいな、お嫁さんが欲しい……かも？

そこで、ちょっと笑ってしまった。

「どうしたんですか？」

南雲さんが怪訝な顔をする。

「いいえ。なんでもありません」

俺は味噌汁を飲み干して、顔を綻ばせた。

「そういえば……今日は、猫、見ませんね」

少し寂しそうに南雲さんが言った。

「あいつ、神出鬼没だからなぁ」

南雲さんに撫でられて、餌をもらい、いつの間にかいなくなる。そして気づけば、店の中で遊んでいる。扉や窓が閉まっていても、どこからか自由に出入りしているようだ。店の中に潜んでいるのだろうか。黒白猫は隠れるのが好きなのかもしれない。

「あの猫、なんて名前だろう。南雲さんにすっかりなついてますよね」

俺が言うと、南雲さんの眉毛がぴくりと動いた。

「そうですね。慣れています」

しかしすぐになんでもないことのように、南雲さんはお茶の入ったマグカップを手にする。

慣れている？

猫になつかれやすいのか？

何匹もの猫に囲まれて憂えている南雲さんを想像して、俺はまた少し笑った。

しかも、猫だけじゃない。俺も、すっかり南雲さんになついている。

やっぱり、南雲さんはいい人だと、俺はつくづく思うのだ。

一階の店に戻り、扉にかかった札をくるっと回転して『ＯＰＥＮ』に戻す。午後から、お客様が来てくれればいいけれど。

通りの観光客はいつものように通り過ぎていくだけだ。

「だろうなぁ……」

　暇なので、店内の掃除をすることにした。箒で床を掃いていると、これまで見たことのなかった商品に気づく。

　また仕入れたのだろうか。

　あまり売れていないのに。

　年季の入った陶器の壺は、もしかしたら価値があるものかもしれない。割らないように気をつけながら、床に並んだ大小の壺の間を縫うように箒で掃いた。

「お前、こんなところにいたのか！」

　壺の横に置かれた器のようなものの中で、黒白猫が丸まっていた。どっしりとしたエメラルドグリーンの丸い器に、すっぽりとはまりこんでいる。

「それ、売り物だから、傷つけないでくれよ……」

　俺は箒を置いて腰を屈め、黒白猫を覗き込んだ。

「……うわ！」

　器の表面にはすでにひびが入り、一部が欠けていた。そこで階段を下りてくる足音が聞こえる。まずいことになった、と俺は腕組みをして考え込んだ。

ゆっくりと振り返れば、南雲さんと目が合う。

「猫、ここにいました。でも、ひびが……。どうしましょう?」

南雲さんを手招きする。

「ああ、盆栽鉢(ぼんさいばち)……」

そばまでやってきて、南雲さんは言った。

「盆栽の?」

「はい。盆栽用の釉薬(うわぐすり)鉢ですね」

「ひびが入っているんですけど」

俺はひびの部分を指差した。

「構いませんよ。猫の思い出の品かもしれませんしね」

猫の思い出の品?

この猫も、レイさんみたいに、思い出を探しに来たのか?

南雲さんは時々おかしなことを言うが、俺も慣れてきたようだ。

「でも、猫はお金持ってないし、品物を買えませんね?」

さらっと軽い口調で返す。さすがに猫は『おもひで堂』のお客様ではないだろう。

「払える人が払うので大丈夫です。たとえば、この猫の飼い主とか」

「は、はぁ？　まさか本当に、この猫に、盆栽鉢を売るつもりですか？」

「もちろん」

当然とばかりに、南雲さんは頷いた。

マジか――。やっぱり理解不能だ！

そんな俺たちのやりとりなんかお構いなしに、黒白猫は盆栽鉢の中ですやすやと眠っている。白いお腹が膨らんだりしぼんだり、とても気持ち良さそうで、ながめていると俺まで眠たくなってしまうのだった。

（4）

平日とはいえ、今日もたくさんの観光客がこの地を訪れている。

「見覚えがある……」

高徳院（こうとくいん）の鎌倉大仏を見上げ俺はつぶやいた。またしても長谷に来てしまった。つまり、先日紫陽花を見に来た長谷寺の近くなのである。

「何か思い出しそうですか？」

南雲さんのどこか期待を込めた言葉に、俺は、うーん、と唸る。

鎌倉大仏に、奈良の大仏のような大仏殿はない。空を天井に悠々と座っている。また、背中の部分には扉つきの窓がふたつあり、羽のように見えた。

それから、大仏には入り口があり、内部を拝観するという貴重な体験もできる。鎌倉時代の中頃に造られたという大仏は、胎内まで見せてくれるという懐の深さだ。

鎌倉と言えば大仏をイメージするのは一般的かもしれない。見覚えがあっても不思議ではないだろう。

「たぶん、写真か何かで見たのかも。鎌倉に思い出は特にないはず……」

そこで、またしても若い女性の声がした。

――パクチー苦手……

先日はレイさんの声に似ている気がしたが、今日は違う気がする。

俺はもう周囲を見回したりしない。それが、自分の頭の中で響いていると分かっていたからだ。

「パクチー？　そう言えば……」

「エイトさん？」

南雲さんは不思議そうにしている。

「あ、そうだ。バインミーって食べたことあります？」

唐突な質問に、南雲さんは数度瞬きをした。

「はい。ベトナムのサンドイッチですね」

「それで、パクチーか」

温かいパンに挟まった肉と野菜、それからたっぷり香草（こうそう）が盛られたバインミーを思い浮かべた。

口の中に、パクチーの独特な香りが蘇（よみがえ）る。このクセになる香りを、俺は何度も口にした気がする。きっと好きだったんだろう。

鮮明に浮かび上がるバインミーの映像。やはり食べたことがあるに違いない。果たしてこれは、記憶の断片なのだろうか。

「何か、気がかりなことが？」

南雲さんの問いに俺は素直に返事をする。

「記憶が戻ったわけじゃないんですが、声が聞こえるんです。誰かが頭の中から語りかけてきて」

「そうですか」

「俺、その人とバインミーを食べたみたいです」

「なるほど」

俺は軽く笑って頭を掻いた。今日は南雲さんより俺のほうがおかしなことを言っている。世にも奇妙な話を聞かされたところで、南雲さんも困っているはずだ。

「それより、店は、大丈夫なんですか？」

気まずくなって話を変える。

「今日はお客様がいらっしゃる予定はないので」

南雲さんはいつもの調子だ。変に話題を深掘りすることもなく、俺に合わせてくれる。

「客が来る予定がない？　もしかして予約制なんですか？　ははは」

俺はふざけてそんなことを言った。予約や紹介がいるような雑貨店など聞いたことがない。

「もちろん、予約は必要ありません。エイトさんのようにふらっと訪れるかたもいますので」

「俺は客じゃありませんよ」

「………」

南雲さんはなぜか口をつぐむ。また、憂えているような表情だ。

「なんか、腹減ってきたなー」

俺は気まずい空気をどうにかしようと、できるだけ軽い口調で言った。

「駅のそばにアジアン料理の店があったので、寄ってみましょうか」

表情からは分からないが、なんとなく南雲さんがいつもの調子に戻った気がした。

「アジアン料理、いいっすね」

今日も美味しいランチにありつけそうだ。

俺と南雲さんは大仏にお参りして、長谷駅へと向かった。

あれだけ大きな仏様に手を合わせたのだから、きっといいことがあるだろう。

南雲さんがそばにいるだけで安心できるのはどうしてだ。

周囲の景色が遠ざかっていく感じがする。人々の話し声もだんだんと消えていく。

体がふわふわとして心地よい。

腹、減ったな。

俺は腹部に手を当てて、立ったままの状態で重い瞼を静かに閉じた。

頬杖をついていたはずが、がくんと左手から顔が落ちた。

「やべー。居眠りしてた」

うとうとしてしまったのは、満腹だったからかもしれない。俺はカウンターの中で、両手をめいっぱい上げて伸びをする。

南雲さんの言うように、午後になっても店にお客様は来なかった。

時間を持て余した俺は、掃除でもするかと立ち上がる。

「お～い、猫～」

そして、モップで床を拭きながら、黒白猫を探した。どうせ今日もどこかに潜んでいるに違いない。

「どこにいるんだよ?」

突然、飛び出てこられては心臓にも悪い。俺は用心深く、棚の下を覗いた。しかし、黒白猫の姿は見当たらない。

お気に入りの盆栽鉢の中だろうか。皿や壺などの陶器が並ぶコーナーへ向かう。

「…………ない」

昨日まではあったはずの、エメラルドグリーンの盆栽鉢がなくなっている。

「もしかして、売れた？　まさか……猫に？」

脳裏に、美しい目鼻立ちと、男性にしては艶やかな髪やきめ細やかな肌が浮かぶ。

なぜか軽く動悸がした。

——もちろん。

南雲さんの声が頭の中から聞こえてきた気がして、どきんとした。そして鼓動は速まっていく。

盆栽鉢が猫の思い出の品かもしれないと、涼しい顔で南雲さんは言っていたけれど。

「……さすがに、それはないよな」

俺は心を落ち着けようと深呼吸する。

「猫がどうやって買い物するんだよ」

黒白猫が盆栽鉢をお買い上げする様子を想像し、笑ってしまった。

「南雲さんに、盆栽鉢のこと訊いてみるか」

しかし、南雲さんはちょうど夕飯の買い出しに出かけていて留守中だ。

そのうち黒白猫もひょっこり出てくるだろう。俺は、掃除を済ませてカウンターの中に戻った。

なんとなくノートパソコンを立ち上げ、ニュースサイトをながめる。経済や政治の情報は、ぼんやりと理解できたが、エンタメはさっぱりだ。何の話題なのか分からず、浦島太郎状態になる。

「昔のニュースも観てみるか」

アーカイブのニュースを過去へと遡る。

「……これって？」

いくつか動画を観るうちに、知っている顔を見つけた。今の俺が知っている顔なんて、ほんの僅か、どころか二人だけ。南雲さんと……

「レイさんじゃや？」

動画の見出しを見て、俺は背中が冷たくなっていくのを感じた。

「女優、神林レイ、享年二十五歳……」

それは、若くして病で亡くなった人気女優のニュースだった。しかも、亡くなった日付は三年も前のものだ。

「似ているだけかもしれない」

俺は嫌な予感を抱きながら、『神林レイ』を検索する。

しかし、画面に出てくる画像は、どれもレイさんにそっくりだった。

「……嘘だろ」

しかも、神林レイが主演する映画のポスターには、店に来た時と同じ、爽やかなミントグリーンのワンピースを着たレイさんが中央にいる。

「そっくりすぎる……コスプレだったら、趣味が悪いよな」

さらに、神林レイに関する記事を探していく。

「永瀬涼と恋人報道？」

そこで、神林レイが、映画『君に巡り逢えたら』で共演した俳優と交際に発展した、という記事を見つけた。

奇しくも、『君に巡り逢えたら』の広告文には〝何度生まれ変わっても、また君と恋に落ちたい〟とあり、二人のファンは悲劇から三年を経た今も、繰り返し映画を観て悲しみを癒やしているようだった。

それから、永瀬涼のインタビュー動画に辿り着く。

喪服を着た永瀬は目を充血させていた。容赦なく向けられるマイクと眩しいフラッシュの中で、それでも殊勝な態度である。

永瀬は新人で二十三歳という若さだったが、カメラを意識した立ち姿はとても凛々しく、惹きつけられるものがあった。

『神林さんと一緒に素晴らしい映画を作ることができ、それが何よりの僕の宝物であり大切な思い出です。素晴らしい才能を失ったことは無念でなりませんが、僕は僕らしく、彼女と誓った未来を歩むつもりです』

あえて、俳優仲間としてのコメントを出したのかもしれない。しかし、インタビュアーたちは無遠慮に、永瀬に質問を浴びせた。

『おつきあいされていたと伺っていますが、結婚の約束は？』

『恋人を失った今のお気持ちをお聞かせください』

『役者を辞めるという噂は本当ですか？』

さすがの永瀬も言葉に詰まった。

色んな思いが彼の心を過ったのだろう。永瀬は涙を堪えるように眉間を押さえた。

「……あっ！」

俺は、彼の左手薬指に嵌められた指輪に気づいた。それは、数字の「2」がデザインされただけの、シンプルなリングだった。

「まさか……」

レイさんの指輪とデザインがとても似ている。しかし一方で、そんなことあるわけないと、事実を否定したくなる。

「偶然かもしれない」

いや、ただの偶然であってほしいと俺は思った。

『事情があってお別れすることになりました。でも私、まだ彼のことを思っています』

レイさんの言葉が胸に刺さる。愛する人と別れなければならない、どうしようもない事情があったのだ。

『私という存在が消えてなくなるまで、彼を好きなままでいたいんです』

レイさんは、まるで存在が消えてなくなることを知っているような口ぶりだった。

『私、この指輪を持っていていいんですね……』

指輪を嵌めて嬉しそうにするレイさんの姿を思い浮かべ、目の奥が熱くなる。

レイさんの指輪と永瀬の指輪がリンクする。もう、事実を否定する自信がなかった。

「そんなはずない。レイさんは……きっとどこかで生きて……」

ドアノブが回り、ラッチ音がした。

店の扉が開き、エコバッグを提げた南雲さんが現れる。

慌てた俺はあくびをするふりをして、涙を拭った。

「…………」

南雲さんは無言でじっと俺を見ている。

「お、おかえりなさい」

「ただいま」

あきらかに様子のおかしい俺に気づきながらも、南雲さんはいつも通りだった。俺はそわそわしながらノートパソコンを閉じる。

「あ、あの、今さらなんですが、少し前に神林さんが買われた指輪のデザインって変わってましたよね。何か意味があるんでしょうか。アルファベットの〝S〟に見えましたけど、神林さんのイニシャルは〝S〟じゃないし」

どうしてそんなことを口走ってしまったのか、分からなかった。ただ俺にはもう、南雲さんしか頼る人はいなかった。

店の奥にある、二階へ続く階段の手前で、南雲さんは立ち止まっている。

「ペアリングです」

ドクン、と俺の心臓が跳ねた。

「……どうして、それを」

握った手の中が汗ばんでくる。

「レイさんのリングはアルファベットの〝S〟、お相手の男性のリングは数字の〝2〟がデザインされています。このふたつのリングを合わせると、ハートの形になります」

再度、ドクン、と心臓が脈打った。

「……そうか、そういうことだったんだ」

やがて、心臓は早鐘を打ち始める。額に汗が滲んだ。少し手が震える。

俺はイメージの中で、レイさんの指輪と、永瀬の指輪を合わせた。

浮かび上がるハートに、涙がじわりと溢れる。

渦巻く感情は悲しみと驚きと……そして少しの恐怖だった。しかし、レイさんの笑顔を思い浮かべた時、怖いという気持ちがふっと消えた。

　レイさんはどうしても永瀬への愛が忘れられず、この世に未練を残してしまったのかもしれない。切なくて、胸が苦しくなる。

「レ……レイさんは……ここに、思い出の指輪を……探しに来たんでしたよね？」

「そうです」

「お、思い出って……、こ、恋人の、永瀬涼さんからもらうはずだった、指輪ですか？」

「そうです」

　まったく無表情で淡々と答える南雲さんが、この時ばかりは少し憎らしくなった。

　天井から下がるランプや、棚に並んだガラス瓶が、ぼんやり滲む。ランプの光を受けたガラス瓶の煌めきが目に染みた。

　瞳から溢れた涙が、ぽたりと手の甲に落ちる。

「神林レイさんは……女優の神林レイさんなんですか？」

「そうです」

「もう……この世に……いない……？」

「はい……もう、いません」

思い出を手にした彼女は幸せそうに笑っていた。だけど、そんなの信じたくない。

「う、嘘だ！　どうして、そんな嘘をつくんだ！」

俺はカウンターを激しく拳で殴りつけた。南雲さんは何も悪くないし、嘘をついてもいないだろう。それでも、怒りを抑えられない。

レイさんがこの世にいないという事実が、俺を苛立たせる。そこで、最悪な考えが思い浮かんだ。

「もしかして……」

もしかして、俺も？

ぶるっと身体が震えた。

思い返せばいろんなことがおかしい。

長谷寺でも、高徳院でも、誰も俺を見なかった。あれほど人がいたのに、まるで自分が空気にでもなったかのように感じられた。

「俺も……存在していない……？」

警察からは何の連絡もないし、そもそも俺から誰かに事情を説明してもいないし、何かの手続きをすることもないままだ。全部、南雲さん任せだった。そして、ここに来てからずっと、夢見心地でリアリティがなかった。

　俺は助けを求めるように、南雲さんを見る。

「残念ながら、分かりません」

「……えっ？」

「私はただの案内人です。心残りがあるとあちらに行けませんので、あちらに行けるようお手伝いをしています。具体的には、お客様の思い出の品をお探しするのが私の仕事です」

「案内人？」

　南雲さんは頷いた。

「しかし、闇雲(やみくも)に思い出の品を探すのは手間がかかります。できるだけ、お客様から情報をいただかなくては。たいていの場合は上手くいくのですが、エイトさんのような方を担当するのは初めてで」

　いつになく雄弁(ゆうべん)な南雲さんに、俺は固唾(かたず)をのむ。

「私にできることは、お客様から思い出の品にまつわるお話を伺って探す、それだけです」

心にまで響いてくるような低音の切ない声色。

やはり南雲さんは憂えているように見えた。

表情はいつもと変わらないのに、俺を哀れんでいるような気がする。

いろんな感情がないまぜになって、涙が頬を伝っていった。

「俺は何者なんですか……いや、いったい、この店は何なんですか？」

「この店は、彷徨う魂があちらへ行けるよう思い出を探す、『おもひで堂』です」

体の奥底からせり上がってくる熱に戸惑う。息が詰まりそうだ。何度も押し留めようとするが、堪え切れずついに溢れ出る。

「た……魂……っ」

泣いているのに、俺には悲しい理由がまだ分からない。

「お、俺は……俺は何者……」

今の俺は魂でしかない。

だとして、かつてはちゃんと存在していたのだろうか。

確かなものを何ひとつ持たない俺に、悲しむ理由などないはずだ。

俺が存在した世界は、どんなところだったのだろう。

レイさんの死を嘆く永瀬のような人が、俺にもいたのだろうか。

記憶のない俺には、この世に未練などないはずだ。

なのに、どうしてこんなに悲しいのだろう。

『誰にでも思い出はあると信じています』

レイさんの清々しい笑顔が脳裏に浮かぶ。それどころか、焼き付いて離れない。

俺は悲しい。思い出がないのが悲しいのだ。

人は生まれて死んでいくまでにいくつもの思い出を抱えるはずなのに、俺にはひとつもない。

俺という存在が、がらんどうだ。ひどく惨めな気持ちになった。

――お願いだ、もう一度、目を覚ましてくれよ。

頭の中から俺の声がする。しかし、途方に暮れてしまって反応できない。

「エイトさん、大丈夫です。私が、思い出を探すお手伝いをしますから」

呆然とする俺をなだめるように、南雲さんが肩を撫でた。

雨の予感がする、薄曇りの午後だった。

第二章　映画のように幸せな人生

（1）

「あーあ、梅雨が来ちゃったわねぇ」

しとしとと降り続ける雨に、思わず溜息が漏れる。私は、梅雨が苦手だ。正確には、梅雨の鎌倉が苦手だ。

この時期、鎌倉は紫陽花目当ての観光客で溢れかえり、江ノ電に乗るのも一苦労。それから、ただでさえ湿気の多い土地なので、油断していると家の中がカビだらけになってしまう。

「お父さん、空気清浄機、もうひとつ買おうかと思うんだけど」

台所から居間で寛（くつろ）ぐ夫に声を掛けるが、いつものように返事はない。日頃から無口な十歳年上の夫は、いつもこの調子である。返事がないことに、こちらもすっかり慣れてしまった。

「いちいち気にしない。それが夫婦円満の秘訣」

いつもなら、夫の代わりに近所の猫が庭から返事をしてくれるが、今日は姿を見せていない。今どき外飼いの猫は珍しい。猫が勝手によその敷地に入ったりすると、ご近所トラブルにも繋がるそうだ。

猫を飼ったことがないせいか、自由気ままにしているのが猫だと思い込んでいた。だから、家に来た時は勝手に猫のことを「マオ」と呼んで、ご近所付き合いしている。黒と白の毛が混ざった猫のマオは、とても可愛い子だ。

「マオは自由でいいわね」

鎌倉へ移住してきたのは、夫が定年退職した三年前だ。一人娘はとっくに結婚して家を出ていたのもあって、忙しない東京暮らしに別れを告げ、こうして自由気ままに暮らしている。とはいえ、まだ鎌倉を満喫しているとはいえない。

観光で訪れた時はあちこちに出かけたけれど、住んでみると意外とどこにも行かなくなった。

友人たちが鎌倉に遊びに来てくれたのも最初の一年だけで、いつのまにか私が東京に出ることが多くなった。

これでは鎌倉に住んでいる意味がない。そろそろ重い腰をあげて、散策でもしてみようかと思っている。

「そんな真弓、五十八歳の夏がはじまる……」

映画の宣伝文を真似てつぶやいた。私の唯一の趣味は映画鑑賞だ。

映画鑑賞なんて平凡だけど、何の趣味もない夫よりはマシかもしれない。

「お父さん、盆栽もすぐに飽きちゃったしね」

夫に聞こえるようにやや声を大きくしたが、やはり無反応だった。

「いつも後片付けは私なんだから」

枯れた盆栽と割れた鉢を片付ける身にもなってほしい。心の中で愚痴っていると、なんだかもやもやしてきてしまった。気分転換に出かけるとしよう。

「お父さん、ちょっとその辺を歩いてくるわね」

寝転んでいた夫は、ハッとしたように上体を起こし窓の外を見た。

「今日も、雨か……」

「当たり前ですよ。梅雨だもん。小雨だし、傘差して行ってきます」

私は夫のことなどお構いなしに、さっさと身支度をして家を出る。散歩のつもりが、気づくとお気に入りのサックスブルーのサマーセーターを着ていた。

十分程歩けば、鎌倉駅だ。平日であっても、この辺りまで来ればかなりの人通りがある。雨でも関係ない。皆、傘を差して観光している。

「それにしても、熟年離婚とはよく聞くけれど……」

ここまで夫婦に会話がなくなるものだとは思わなかった。夫は会社の上司で、職場結婚だった。私はたった一年のＯＬ生活を終え、二十一歳で娘を出産。それからずっと専業主婦だ。

結婚しても共働きを続ける娘からは、「毎日家で何しているの？　ずっと家にいるなんて私には無理」と非難めいたことを言われたこともある。

「無理も何も……私がそうだっただけ」

十歳上の夫には結婚当初から充分な収入があり、私も子育てや家事に没頭できる環境を気に入っていた。ただ、それだけ。

誰に強要されたわけでもないし、私も自分が選んだ人生に悔いはない。

「むしろ、幸せすぎたかも……」

夫は順調に出世し、大きな病気もせずに定年まで勤め上げた。一人娘も健康に育ち、晩婚化と言われるこの時代で早々に結婚もできた。あまり会うことはないけれど、可愛い孫だっている。古いとはいえなかなか立派な一軒家で、夫と猫と一緒に暮らしている。鎌倉という情緒ある街でのんびり時を刻んでいる——夫が口を利いてくれないくらい、どうってことない。

家族が元気なだけで充分だ。私は幸せを噛み締める。

少しだけ気分が良くなったところで、初めて見る店が目に入った。鎌倉駅西口から歩いて数分ほどの路地に佇む、雰囲気がある店。

「……新しいお店かしら」

古民家風の店舗には、『おもひで堂』と書かれた木の看板が下がっていた。

ガラスドアから中の様子を窺うと、綺麗なガラス瓶やヴィンテージ感のあるアクセサリーが並んでいるのが見えた。

「なんだか可愛い」

興味が湧いて、店の扉を開けた。

「いらっしゃいませ」

声を掛けてきたのは、カウンターに座る、長い前髪で顔が半分隠れた男性だった。

警戒しながらも、私は軽くお辞儀(じぎ)して、店内に入る。

「いらっしゃいませ」

するともう一人、店員らしき人物がいたのに気づいた。

「うわぁ、美人……！」

思わず声に出てしまう。

私の大好きな女優さん、神林レイより美人かもしれない。

顔立ちが良いだけではなく、身につけた白いシャツよりも透明感のある肌や、光沢(こうたく)のある黒い髪、素材そのものがとびきり良い。

「探しものですか？」

うっかり見惚(みと)れていると、その美人さんにまた声を掛けられる。しかし、意外なことにその声は低い。

「もしかして、男性？」

「はい」

中性的な容姿であるが、体つきは確かにがっしりとしている。とはいえ、いきなり性別を訊ねるなんて、失礼極まりない。

「ごめんなさい。なんでも思ったことが口に出ちゃうの」

「構いませんよ。どうぞ、ごゆっくり」

「ありがとう」

私はさほど広くない店内を見て回ることにした。

若い頃から雑貨や小物は好きである。最近は百円ショップで済ますことも多いけれど、一時期は調理器具や食器にもこだわっていた。

骨董品に詳しくはないが、鶴岡八幡宮で行われる鎌倉骨董祭にも立ち寄ったことがある。

綺麗なものや、趣のあるものは、見ているだけでわくわくする。時間が経つのも忘れそうだ。

ふと、棚にある卓上ミラーに目が留まる。アラベスク模様の装飾が付いた、重厚感のある真鍮の鏡だ。磨かれていないのか黒ずみが濃いけれど、時間の経過を感じられるとても魅力的な鏡だった。

しかし、その鏡に映った自分の顔にがっかりする。

すっかり痩せ細った頬、増えた皺。若い頃はふっくらとして、皺もなかったのに。めんどうでいつも短くしている髪も、ひどく素っ気なかった。

「そちらの鏡、お気に召しましたか？」

「あ、いえ……」

美人の店員がいつのまにか背後に立っていた。

買ってくれると期待されたのかもしれないが、値段も分からないのに簡単に手は出せない。

「私には、ちょっと。娘くらいなら、ちょうどいいかな。でも仕事が忙しいようで、娘と会う機会も滅多にないんです」

「そうですか。娘さんは、お仕事をされているんですね」

「娘って言っても、もう三十七歳で。結婚してて、子供もいるんです。そうそう、その孫がね……あっ」

うっかりおしゃべりに夢中になりそうになり、私は慌てて口をつぐんだ。時々、無性に誰かと話がしたくなる。近所に知り合いはいないし、夫も会話をしてくれない。一人娘にメールを送っても、返事はなかなか来なかった。

だからといって、店員さんに話を聞いてもらうなんてあつかましい。

私は、色んなことに鈍感になりつつある自分が、少しだけ嫌いだ。

「ええと、良かったら、お孫さんのお話を聞かせていただけませんか？　お客さんがあまり来ないんで、俺も暇なんです」

カウンターから出てきた長い前髪の男性が、折りたたみのスツールを出してきた。顔はよく見えないが、声は可愛い。

「エイトさん、お客様のことお願いします。私はお茶を淹れてきます」

私がどうしようかと考えているうちに、美人さんは奥へ引っ込んでしまった。

「どうぞ、座ってください」

前髪の長いエイトさんに促され、仕方なしに椅子に座る。

「あなた、バイト？　さっきの、綺麗な人が店長さん？」

「……あ、たぶん、南雲さんが店長かな。他に人いないし。俺は……バイト、みたいなもんです」

要領を得ない返事に、私も言葉が続かない。もしかして学生くらいの若い男の子なのだろうか。髪型や服装からは年齢の判断が付かなかったが、「エイトさん」というより、「エイトくん」のほうが合っていそうだ。

娘しかいない私は、息子がいたらこんな風に育つのだろうかとエイトくんをながめる。

エイトくんはどうして前髪を切らないのだろう。男の子のセンスはよく分からない。孫の海斗（かいと）は男の子だけど、ずいぶんと会っていないので、小さい頃のイメージのままだった。そう言えば海斗も、来年は中学生だ。お祝いしてあげないといけない。

「あの……中学生くらいの男の子って、どういうものに興味があるか分かる？」

バイトのエイトくんは腕組みをして考え込む。そんなに難しい質問とは思えないけれど。

「たぶんゲームじゃないでしょうか。ただ、中学生ともなると好みもはっきりしてきますし、贈り物をするにも本人の意見を訊くか、むしろ、現金のほうが喜ぶんじゃないかなぁ」

「そ、そうね。その通りだわ」

思いもよらず、今度は的を射た答えが返ってきた。

「中学生のお孫さん、どんなお子さんなんですか？　勉強やスポーツは得意ですか？

好きな子とかいたりして」

エイトくんは無邪気にそんなことを言った。意外にも人懐っこい彼の態度に、私の心も解きほぐされる。

「全然分からないの。最近は会ってないから。小さい頃は本当に病弱で、心配ばかりしていたわ。さすがにもう中学生だし、真っ黒に日焼けしてお友達と外で遊んでいるんじゃないかしら」

私が理想の姿を想像していると、エイトくんは「う～ん」と唸った。

「俺みたいに、ひきこもって家の中でゲームしているタイプじゃないんですね」

正直なエイトくんに、私はうっかり笑ってしまった。

「そういうのも、悪くないと思うわ。好きなことを突き詰めるタイプね」

「良く言えば、ですね」

エイトくんは恥ずかしそうに頭を掻いた。

「おばあちゃんの立場からすればね、元気だったらなんでもいいの。勉強が少しくらいできなくたって、走るのが遅くたって。孫はね、ただただ可愛いの。あなたのおばあちゃんも、きっとそう思ってるわ」

「そう、ですかね。そうだと、いいな」

娘じゃなくて息子だったら、こんな風に大きくなっても話をしてくれただろうか。

娘とは同性のせいか、どうしてもジャッジが厳しくなりがちだった。それで、些細なことで言い合いになり、ぷつん、と糸が切れたように疎遠になってしまった。

「お客様、お茶をどうぞ」

美しい店長さんが麦茶の載ったトレイを差し出してくる。

「すみません。いただきます」

冷たい麦茶を飲んで一息つくと、私はおもむろに席を立った。

「そろそろ、夫が心配しているかもしれないので帰ります。何も買わずにごめんなさい」

「いいえ、とんでもございません。私は『おもひで堂』の南雲と申します。良かったら、お客様のお名前を教えていただけませんか？」

少しも表情の変わらない店長さんだけど、悪い人ではなさそうだ。

「谷原真弓と言います。鎌倉に暮らしてまだ三年なんです。よろしくお願いします」

「こちらこそ、よろしくお願いいたします。谷原様には思い出がたくさんありそうですね。どうぞ、またお越しください」

店長さんが開けてくれた扉から、私は店の外へ出た。

店長さんもエイトくんも、いつまでも見送ってくれるから、私は通りで何度も立ち止まり、振り返っては頭を下げた。

思い出がたくさん、か。

この歳だしそれなりに思い出はあるが、ずいぶん忘れてしまった気がする。

今はおばさんだけど、私にも子供時代や娘時代があったのだ。ガレージと古い型式の車、袖が膨らんだ可愛いワンピース、レストランのビーフシチュー、初デートで観た映画のパンフレット。断片的な記憶が、次々と浮かんでは消えていく。どれも、懐かしくてほろ苦い。

自宅に戻った私は、まず夫がいるはずの居間へ向かう。

「お父さん、ただいま」

返事がないと思ったら、夫はうたた寝していた。

夫にタオルケットをかけてやり、私も横になる。懐古（かいこ）したせいか、少し感傷的になっていた。

少し歩いただけなのに、とても眠たい。いい夢が見られますようにと願いながら、ゆっくりと目を閉じた。

§

夫の佑（たすく）さんとは、結婚する前に一度だけデートをしたことがある。それをきっかけに、私たちは何度も鎌倉を訪れた。これは、そのデートの話。

「映画でも観ましょうか」

「はい」

とっくに閉館してしまったが、以前は鎌倉駅西口から出たところに映画館があったのだ。

それにしても、わざわざ東京から鎌倉まで来たというのに、映画館に連れて行かれたのには驚いた。映画なら東京でも観られるのだから。

結婚後分かったことだけど、東北出身の佑さんは鎌倉の地理に詳しくなかったようで、思いつきだけで映画館に入ったそうだ。私はそれを聞いて、呆れて笑ってしまった。

ならばなぜ、わざわざ鎌倉にまで出かけたのだろう。しかし、堅物で真面目な佑さんならば、デートという一大事、「いざ鎌倉」としか浮かばなかったのかもしれない。

そう思うと、ますますおかしくなった。

何にせよ、このようにして鎌倉とご縁ができた。

自分で言うのもなんだけど、二十歳やそこらの私は可愛らしかった。パーマもカラーもしたことのない素のままの髪はさらさらで、清楚なワンピースも当然似合っていた……はずだ。まあ、その辺の真実は、佑さんのみが知っていればいいことだ。

あの日、前を行く佑さんが振り返って言った。

「階段、気をつけてください」

鎌倉の映画館は建物の狭い階段を上った二階にあった。なんとなく、その時流行っていた邦画を観ることにした。映画は二本立てで、観終わった頃にはもう帰る時間になっていた。

「階段、気をつけてください」

結局、佑さんは階段のこと以外、特に何も言わなかった。

そうしてほぼ会話もないままに、私たちは映画館を出る。そこから先も、佑さんはやはり無言だった。あまりにも気詰まりで、電車の中で映画の感想を述べてみた。

「お目当ての人気女優さんの映画より、二本目の映画のほうが個人的には面白かったです。あの映画みたいに何度も時間を繰り返せたら、私もやり直したいことがたくさんあるなぁ」

「同感です」

佑さんがボソリと言った。

「……同感？」

「同感です」

「それだけ？」

私は苦笑した。この人は本気で私とおつきあいするつもりがあるのだろうか。まったく疑わしい。若い女だったら誰でも良いのではないかと気分を悪くしたところで、佑さんが鞄から何かを取り出した。

「どうぞ」

「私に？」

「映画のパンフレットです」

それは、二本目に観た映画のパンフレットだった。まるで、私がこの映画を気に入ることを予想していたようで、驚いてしまう。

「いただいて、いいんですか？」

私はドキドキしながら、佑さんを見た。

「私もこちらの映画のほうが面白いと思いました。真弓さんとは気が合いそうです。良かったら、私と結婚していただけませんか」

「は、はいっ」

いきなりまくしたてられ、うっかり返事をしてしまった。

「良かった」

そして、それきり、佑さんは黙り込んでしまった。

結局、プロポーズらしきものはそれだけで、あれよあれよという間に結婚してしまっていた。鎌倉で映画を観なければ、結婚することにはならなかっただろう。パンフレットをもらわなければ、イエスと答えなかっただろう。

後に、パンフレットにはトリックがあったと聞かされて、さらに驚く。最初から、私は佑さんの手のひらの上で転がされていたのだ。

佑さんは、二作品ともパンフレットを購入していた。帰りの電車ではおそらく映画の話題になるだろうから、パンフレットを取り出しプロポーズに持ち込もう。話の流れに合わせてパンフレットを選べば、相性が良いとアピールできるはず。その筋書きは、映画を観ながら考えついたそうだ。

佑さんにしては、なかなかの演出である。私が感心すると、「真弓だからだよ」と、佑さんは言った。

「え、もう一度、言って？　私だから？　私と結婚したかったから？」

確か、幼い娘をあやしながらしつこく何度も聞き返したはずだ。しかし、佑さんは石のように黙りこくっていた。

私は、にやにやとしてしまう。これが夢だと分かっていたからだ。

それにしてもなんて、いい夢だ。忘れかけていたあの頃が、くっきりと鮮明な映像となって思い出されるとは。

夢の中で、夫に、改めて感謝する。佑さんがいたから、私の人生は満ち足りていたのだと。

§

何かに誘われるように、私は再び『おもひで堂』にやってきた。

「いらっしゃいませ」

その日は、バイトのエイトくんが一人で店番をしていた。

「ごめんなさい。また、冷やかしに来たの」

「いいっすよ。俺も暇してたんで」

いつの間にか友達のような口調だ。

「冗談よ。今日は何か買って帰るわ」

私はそう言って、店内を見て回った。時計や花瓶はたくさん持っている。家にないものを探すが、普段使わないものを買うのも気が進まない。

「……こんなの前は無かったのに」

棚の中段に、古い映画のパンフレットが並んでいた。

「これ、欲しかったのよ……！」

三十年以上前に夫と観た、映画のパンフレットだ。記念に取っておいたつもりだったが、気づけば手元にはなかった。引っ越しを繰り返すうちに、どこかで処分したのかもしれない。

「ああ、懐かしい」

私は『時をかける花嫁』のパンフレットを手に取り、パラパラとページをめくる。あの日の光景が蘇ってくるようだ。

「お探しもの、見つかりましたか？」

エイトくんがカウンターの中から身を乗り出している。

「探していたわけじゃ……でも……」

欲しかったはずなのに、なぜかパンフレットを購入する気持ちにはなれなかった。まだ他に、探しているものがあるような気がしたからだ。これを手にしてしまったら、他の探しものが見つからないような、漠然（ばくぜん）とした不安感があった。

「やっぱり、やめとくわ。こういうのって、プレミアがついたりしてお高いんじゃないの？」

「え……いや、そんなことは……」

「また来るわね。次こそは何か買うから、ごめんね。店長さんにもよろしく」

「あ、はい、また……！」

すっかり友達のような感覚で、私はエイトくんに手を振った。

（2）

その日も私は『おもひで堂』に立ち寄った。

店に着くなり、エイトくんへ特典付き初回限定ブルーレイを手渡す。

「この映画すごくいいの、良かったら観て。もしかして、もう観た？」

少し強引すぎたのか、エイトくんは戸惑っているようだった。

店の奥から「いらっしゃいませ」と、美人の店長さんが顔を出した。今日も来たわよ、の挨拶代わりに笑顔で手を振った。

「……い、いえ、まだ観てません。ありがとうございます」

やはり、エイトくんは恐縮している。

お気に入りの映画『君に巡り逢えたら』は、人気実力ともに若手トップの女優、神林レイの初主演作品であり、残念なことに遺作となってしまった作品だ。

美人薄命とは言うけれど、ファンとして本当に悲しい。若くて才能がある人を、どうしてこんなに早く連れて行ってしまうのだろう。もし私があちらに行ったら、神様に文句のひとつも言いたいものである。

「ところで、この映画ってどんな話なんですか？　ラブストーリー？」

エイトくんがブルーレイのパッケージをながめながら訊いてきた。

「ええと……どんな話だったっけ？　わりと新しい映画なのに」

大好きな映画だったのに、内容が思い出せない。そう思った次の瞬間、頭の中に美しい映像が流れ込んできた。

「……ああっ、なんか浮かんできた！」

若干エイトくんが引いているのには気づいていたけれど、そこから私は流暢に、『君に巡り逢えたら』の内容を語った。

物語は、ここから始まる。オープニングシーンは美しい鎌倉の海だ。

由比ヶ浜のベンチで一人、ランチのサンドイッチをほおばるのは、神林レイが演じるヒロインの玲奈（れいな）だ。玲奈はお嬢様育ちであるが、父親の会社が倒産してからは高校を中退し、バイトを掛け持ちして家計を支える等、健気（けなげ）に生きてきた。

　そんな生活も区切りを迎える。一番下の弟も大学を卒業し社会人となった。両親も気持ちを切り替え働くようになり、日々の生活には困らない程度に収入を得ている。

　そこで玲奈は高卒認定試験の勉強をしながら、大学受験を目指すことにした。

「数学さっぱりだな」

　参考書を片手に、サンドイッチにかぶりつく。

　サンドイッチと言っても、コンビニに売っているようなものではない。バゲットにたっぷり野菜が挟まった、おしゃれなサンドイッチだ。

「パクチー苦手……」

　彼女がぼやいたところで、ひゅう、と風が吹く。

　気づけば、手元のサンドイッチが消えているではないか。

「ええっ！」

　空から滑り降りてきたのはトンビだった。トンビが次から次へとやってきては、目の前で玲奈のサンドイッチを奪い合っている。

「おねーさん、鎌倉での屋外の飲食は要注意だよ。トンビに見つからないようにしないと」

そこに現れたのは、ヒロインのお相手役である、永瀬涼が演じる就活中の大学生、朋也だ。

「鎌倉の人？」

「俺？　違うよ。東京から来た。実は、俺もトンビにやられたことがあるんだ」

二人は顔を見合わせて笑った。

大人になっても純粋なままの玲奈と今どきの大学生である朋也は、いつしかお互い好意を持つようになる。

そこからは、鎌倉の自然と若い二人の姿が見事に合わさった、映像美に酔いしれた。御霊神社の境内から映した、鳥居の向こう側を走る江ノ電。踏切が上がると、ペパーミントグリーンのワンピースを着た玲奈が微笑んでいる。

朋也は彼女へと駆け寄ると、勇気を振り絞って告白をした。木々の緑と差し込む光が幻想的で、印象に残るシーンである。

しかし、二人の恋は夏の線香花火のように儚かった。

玲奈は交通事故に遭い、帰らぬ人となる。

「大丈夫、俺は君を一人にしない」

玲奈の面影を探して鎌倉を彷徨う朋也は、死を覚悟していた。そして、あの世とこの世の境界を越えてしまったのだ。そこは黄泉の鎌倉だ。

そして、黄泉の世界で再会したヒロインと最期のデートをする。

「朋也は生きて。私のぶんも生きてね」

別れの時は近づいていた。命ある朋也はいつまでも黄泉の世界に留まることはできない。

玲奈と一緒にいられるならば、命なんかいらないと朋也は思う。

「玲奈……」

伸ばした腕の先に、すでに玲奈の姿はなく、美しい蝶がひらひらと舞い上がった。

朋也は玲奈の思いを汲み取る。自分の人生から逃げてはいけないと。

玲奈は朋也の死など望んではいないはずだ。

「いつか、また巡り逢いたい……」

玲奈の化身である蝶は、朝日を浴びて溶けるように消えた。

ラストシーンは涙なしでは語れない。二人の過ごした時間はほんの僅かだったのかもしれない。しかし、家族を支えるために学業を断念して働き、同年代の友人とは疎遠になってしまった玲奈にとって、朋也との時間は青春そのものだった。

玲奈の心情がよく表現された、淡く儚い、とても美しいシーンなのである。

私はうっかり涙を浮かべてしまった。

「……ごめんなさい。すっかり夢中になって」

「い、いえ、すごく、良かった……です」

すると、私以上に感動した様子でエイトくんが涙を流している。顔をくしゃくしゃにして、「いい話ですね」と泣いていた。

「エイトくん、優しいのね。でもこれは映画で……うん、たぶん、こんな内容だったはず……さっきははっきり映像が浮かんだんだけど……なんだか本当にそんな内容だったのか自信がなくなってきたわ」

「れいな……レイさん、亡くなったんですよね。相手役の俳優さんと交際していたって……何だろう、ぎゅって、胸にきます」

しゃくりあげるエイトくんに、私ももらい泣きしてしまった。

「そ、そうなの……それで、最初は酷評されていた映画も、また注目されるようになって。でも、こんな評価のされ方、なんだか不憫で……」

私はバッグからハンカチを取り出し、涙を拭った。感情が昂ってしまったのは、大好きな映画が〝お涙頂戴〟と浅い部分で評価されたことが悔しかったのかもしれない。

「本当の死なら泣けるけど、作り事では泣けないって……そんなのおかしい気がするな。映画と現実は比べるものじゃない。映画は、私の人生を豊かにしてくれるものだった。想像力がないと人生は楽しめないって、教えてくれるものだった。映画は現実に、いつも寄り添ってくれるものだったわ」

あらゆる意味で、神林レイは最高の映画人だと言える。彼女の演技をまだ見ていたかった。

「谷原様は、映画が本当に好きなんですね」

そこへ、店長さんがやってきた。今日はなぜかエプロンをしている。料理でもしていたのだろうか。

「ええ、本当に大好きで。気に入った映画はテープが擦り切れるまで何度も観ました。

これは真面目な話、実際にテープが切れちゃって。昔はＶＨＳっていうテープだったんです。私が好きだった映画はＤＶＤにはなってないから、二度と観ることができないの。残念だわ」

不思議なことに、『おもひで堂』にやってくると、忘れていた記憶がどんどん蘇る。懐かしい映画のストーリーも逐一思い出された。

「もしよろしければ、どんな内容か、お聞かせいただけませんか？」

店長さんも映画に興味があるのかもしれない。私は得意になって説明を始める。

それは、失踪した男の捜索依頼を受けた私立探偵が、不可解な事件に巻き込まれていくサスペンスだ。なぜか事務所が差し押さえられ、美女によるハニートラップの餌食になり、遂には命をも狙われる。

探偵が行方を探していた人物は、実は記憶を塗り替えられた彼自身だった、というラストにはゾッとした。

「タイトルは確か、『夜明けの探偵』だったかしら」

「そちらでしたら、衛星放送でやっていたものを録画していますので、お持ちいたしましょうか？」

「衛星放送で？　知らなかった」

「古い映画を放映しているチャンネルがあるんです。すぐに準備してきますね」

店長さんはそう言って、奥に引っ込もうとする。しかし、私はすぐに引き止めた。わざわざそこまでしてもらう必要はないと思ったからだ。

「いえ、結構です。今はもう、観たいとは思わないの。なんとなく、懐かしいなと思っただけだから」

「そうですか……」

少し残念そうな店長さんに、突っぱねず、素直にご厚意を受け取るべきだったかもしれないと思う。そこで私は、別の探し物をお願いすることにした。

「あの、他に、伺いたいことがあって」

「はい。なんでしょうか？」

「実は、猫が行方不明なんです。といってもうちの猫じゃないんだけど。毎日のようにうちに来るようになって、いつの間にか家族同然みたいになっちゃって。でも、もう一週間以上姿を見せないの。この辺りで見かけませんでした？」

私はそこまで言ったあとで空笑いした。

「困りますよね。こんなこと相談されても。猫なんていくらでもいるし」

「どんな猫ですか？　写真あります？」

ところが、エイトくんは身を乗り出してくる。マオを見かけたことがあるのだろうか。

「写真はないけど……背中が黒くて、お腹が白い猫で」

「もしかして、盆栽鉢が好きでした？」

エイトくんはおかしな質問をした。

「盆栽鉢？　いいえ……あ、でも、夫の盆栽を落っことして割ってしまったことはあったかかな。マオは……猫の名前、マオって言うんです。マオは夫になついてたので、申し訳なさそうにしてましたよ。そうだ、盆栽の写真だったらあるわ。見てみる？」

私はスマホを取り出し、アルバムから盆栽の写真を見つけ出す。

「これよ、これこれ」

私は黒松の盆栽をエイトくんに見せた。

「南雲さん、見てください。この盆栽鉢の色と形」

エイトくんと店長さんが、私のスマホを覗き込む。どうやら緑釉（りょくゆう）の盆栽鉢が気になるようだ。

「素敵な盆栽ですね」

店長さんはそれだけ言うと、エイトくんに向かって目配せのようなものをして黙り込んだ。二人にだけ分かる合図のようで、ほんの少し不安になる。

「あの、マオは？」

「……谷原さん、すみません。俺の勘違いでした」

エイトくんは手を合わせて頭を下げる。マオのことを知っていたのかと思ったけれど、似たような猫なんていくらでもいそうだ。本当に勘違いだったのかもしれない。

「いいのよ。マオだったら、自由気ままに、色んな家を渡り歩いているのかもしれない。鎌倉に来て、私の最初の友達だったから気になって。猫が友達って、おかしいでしょうけど」

「そんなことないですよ。きっと、黒白猫は谷原さんの家が好きだったんだろうなぁ。たぶん、盆栽鉢を割ったことも反省していると思います」

まるで猫の気持ちを代弁するように、エイトくんは言った。マオならばそんな風に思ってくれているだろうと、私も妙に納得してしまった。

「あ、そろそろ帰らないと。ごめんなさい。今日も何も買わずに……」

さすがに申し訳なくなってしまう。しかし、もう帰らねばならない。おしゃべりに夢中になっているうちに、夕飯の準備をする時間となった。

「構いませんよ。お買い上げいただくのでしたら、谷原さんが欲しいものじゃないと、意味がないのです。うちの店に通っていただくうちに、必ず見つかると思いますよ」

店長さんの話を聞きながら、少しだけぼんやりする。若い時に感じた、どうしても手に入れたい、という情熱は年々減っていた。いつか、そのうち、まぁいっか。そんな風に諦めたものもたくさんある。

私にとって大事なものは家族の健康や笑顔。自分のことを後回しにするうちに、何が欲しいのか分からなくなってしまった。私の欲しいものって一体なんだろう。

後悔などないはずだ。

大人になる、親になるということは、そのように少しずつ自我を薄めていくことだと納得していた。

それなのにどうして、今までの私でいることに躊躇（ためら）いがあるのだろう。

「遠慮せず、いつでもお越しください」

店長さんのフォローに心が落ち着いた。また『おもひで堂』に来られるのが嬉しい。私はきっとここが好きなのだ。

「そうですね。またすぐに来ますね。それじゃあ」

まだどこか他人行儀なこの街で、やっと普段着で立ち寄れる場所を見つけた。心がほのかにあたたかくなった。

§

食事の後片付けも終わった。あとはお風呂に入って寝るだけだ。その前に一息吐くことにする。コーヒーを飲みながら、古いアルバムでもながめようか。

ところが、そんな時に限ってお目当てのアルバムが見つからない。

「お父さん、アルバム知らない？　昔、みんなで鎌倉に遊びに行った時のアルバム」

居間で読書する夫に声を掛けるが、いつものように知らん顔だ。

「ねえ、お父さん」

もしかして、耳が遠くなったのだろうか。そうだったとしても不思議ではないと、私は軽く溜息を吐く。

「あの時のアルバムだけが見当たらないの。虫干しした後、全部押し入れにしまったはずなのに」

夫は単行本をぱたんと閉じるとテーブルに置き、悠長にペットボトルのお茶を飲んでいた。

「コンビニにでも行ってきたのかしら」

ペットボトルなんてもったいない。冷蔵庫に麦茶があるのに。そう思ったが、口にはしなかった。夫が自分のおこづかいで買っているのだから、私が干渉することではない。

「もしかして、麦茶、もうなくなっちゃったとか？」

台所に向かおうとして、つま先に何かが当たる。

「こんなところに出しっぱなし……」

足元には、探していたアルバムが開いた状態で置いてあった。私はそのままぺたんと畳に座った。まさか、こんなところに落ちているとは。

「ああ、懐かしい。これを探していたのよ。海斗と鎌倉に来た時の写真」

娘夫婦と孫の海斗、そして私と夫の五人でドライブした時の写真だ。この日のためだけに、私はデジカメを買い直して孫の写真を山程撮った。

「もう十年も前なのね……」

胸をひたひたに浸していくのは、写真の中の光景に惹かれる思い。この瞬間に戻れたらどんなにいいだろう。

娘夫婦は良い笑顔をしている。夫も穏やかな表情だ。ベビーカーに乗る孫の海斗の顔色も良い。

開いたアルバムがあるということは、夫も同じように昔を懐かしんでいたのだろう。私達夫婦にとって、鎌倉の海での思い出は宝物のようなものなのだ。

「この頃、海斗はずっと入院していたんだっけ」

ベッドの上の、点滴の管が繋がった小さな体を思い出す。娘の帆乃香(ほのか)が、「代われるものなら代わってやりたい」と泣いていた時、私はとても切なくなった。

海斗は可愛い孫だけど、帆乃香も愛しい娘だから。

「久しぶりに電話してみようかな」

来年中学生になる海斗の顔も見たい。鎌倉の紫陽花を見においで、と軽く誘ってみようか。自分の娘なのに気を使うようになってしまったのは、何がきっかけだっただろう。それとも、母娘と言っても大人になれば、このくらいの距離があってしかるべきだろうか。

「お父さん、帆乃香に電話してみるわね」

私はエプロンのポケットからスマホを取り出した。できるだけさり気なく、鎌倉に遊びにおいでと言ってみよう。どうせなら日帰りでなく、うちに泊まっていけばいい。小さかった頃は親と一緒に寝ていた海斗も、もう一人で寝るだろうから一組布団を多めに準備しなくては。

それから、たっぷりごちそうも作ろう。海斗の好物はなんだろう。若い人が好むものは最近滅多に作らない。本屋に寄って料理雑誌を買ってこようか。私はだんだん楽しくなってきた。

——お母さん、いい加減にして！

そこで唐突に、娘の声が頭の中で響いた。

――もう、海斗はこの世にいないのよ！

私は驚いてスマホを取り落とす。ぐわんぐわんと頭が揺れ、柱に手をついた。何が起こったのだろう。

「もうすぐ、命日だな……」

そこでぽつりと夫がつぶやいた。私の心臓は激しく鼓動する。

少しだけ開いた窓の隙間から、湿っぽい風が吹き込む。夫はペットボトルのお茶を一口飲むと、眉間の辺りをつまんだ。しばらくぼんやりとしたあと思い出したように老眼鏡をかけ、再び本を手に取る。

夫の背中がぐにゃりと歪んだ気がした。私は慌てて頭を振った。ふと、書棚の上の写真立てが目に留まる。そこには、ベッドの上で上半身を起こし笑顔を見せる小さな海斗がいた。殺風景な部屋は、病室だった。

――ばぁば！

私は大事なことをやっと思い出す。

お見舞いに行くと、いつも嬉しそうに手を振っていた海斗の姿が浮かんだ。瞼が熱くなる。込み上げてくる悲しみに、目が潤んだ。

どんなに会いたくても海斗にはもう会えない。

たった三歳、可愛い盛りで海斗は病によって命を落としてしまった。

愛しい海斗には二度と会えないというのに、どうしてそんな大事なことを、忘れてしまっていたのだろう。

私はひどいおばあちゃんで、ひどい母親だ。

あの日も、そうだった。海斗を失ってたった三年しか経っていなかったというのに。

「海斗、今頃、お空で何して遊んでいるかなぁ。今までできなかったぶん、きっと元気に走り回っているわね」

そんなことを、うっかり口にしてしまった。

――お母さん、やめて！

まだ悲しみの淵にいた娘を傷つけてしまったのは、私が不甲斐ないせい。

人の気持ちに鈍感になって、自分の気持ちばかりを口にしてしまうから。

あの日、私は沈黙するべきだった。

帆乃香の辛い気持ちを、そばで感じてあげるだけで良かったのに。

言葉はどうしてこんなにも鋭く残酷なのだろう。どうして一度口にしてしまうと取り返しがつかないのだろう。

「お父さん……」

夫の背中が滲んで溶けていく。涙が溢れたせいだ。

空の上でも友達たくさんできたかな。海斗が寂しくしていないといいけれど。

それでも私は、来年中学生になる海斗の年を数えてしまう。

思い出してあげるのが供養だとお坊さんが言っていたから、いつまでも海斗のことを思っていてあげたかった。

だとしても、独りよがりでしかない。

帆乃香にすれば、思い出にするにはまだ早すぎたのだ。情けない母親かもしれないが、この瞬間、涙ごと溶けてしまいたいと私は思ってしまった。

(3)

天井から下がるガラスのランプが光を反射し、白い壁に美しい模様を描く。青い瓶が並んだ棚には光の水面(みなも)が漂っていた。

麗しい瞬間に思わず目が奪われる。

「いらっしゃいませ」

その日もいつもと変わらず、『おもひで堂』の美しい店長が迎えてくれた。カウンターの奥ではエイトくんが微笑んでいる。この店に来ると、不思議と心が和んだ。私はやっぱりサックスブルーのサマーセーターを着ている。無意識に選んでしまうあたり、よほど気に入っているようだ。

「あの、私、何が欲しいのか分からないんです。でも、それをどうしても手に入れなきゃならないような気がして」

孫の海斗、娘の帆乃香、それから夫の佑さん——大事な家族との思い出が細切れになっていることに気づいた私は、不安に駆られていた。

もしもどこか悪いところがあるならば、病院に行かねばならない。

だけどその前に、『おもひで堂』に行きたかった。

何より、今のうちに店長さんやエイトくんに会っておきたかった。

「谷原さんの手に入れたいものを探すお手伝い、私にさせてください。良かったら、お話を聞かせていただけませんか？」

店長さんが折りたたみのスツールを取り出した。

「ありがとうございます」

私はホッとして、自然と笑顔になる。

「何から話せばいいのかしら……たくさんありすぎて」

「時間がかかっても、構いませんよ。ゆっくり思い出してください」

店長さんの言葉を聞きながら、混乱する頭を抱え、ゆっくりと目を閉じた。


耳に流れ込んで来たのは、ジジジという蝉の鳴き声。蝉に負けないくらい大きな、娘の泣き声。あの頃は、娘が癇癪を起こすたび、ご近所迷惑じゃないかとヒヤヒヤしていた。今になれば、子供の泣き声なんて可愛いものだと思う。

結婚当初、私が暮らしていたのは鉄筋コンクリート五階建ての社宅だ。部屋は四階で、エレベーターはなかった。

腕に買い物袋を提げ、小さな娘の手を引いて、私は階段を上っていた。娘はまだ二歳で、大きな段差をひとつ上がるだけで時間がかかる。

「うわーん、うわーん」

「もう少しだよ、がんばろうね」

娘の帆乃香は言葉が出るのが遅かった。偏食もひどくて、毎日ごはんの時間は格闘だった。それでつい愚痴をこぼすと、近所の人からは子供なんてそんなものよと諭された。

「だっこー、うわーん」

「しょうがないなぁ」

帆乃香を抱き上げ、溜息を吐く。買い物袋と帆乃香を抱えて、四階まで上らねばならないなんて、私のほうが泣きたいくらいだった。すでに腕はパンパンで、背中も汗でびっしょりだ。

「わーん、いやー」

「暴れないで。落ちちゃうよ」

「うわーん、わーん」

泣き続ける娘に苛立ちがつのる。いけないと思うのに、帆乃香を抱く腕に力がこもった。

「ほのちゃん、静かにしなさい！」

若い母親だった私は余裕がなく、声を荒らげてしまう。そして、娘を叱ったあとは必ず後悔するのだ。

「わーーーーん」

「ほのちゃん……」

娘がどうして泣いているのか分からず、呆然とする。私は階段を上がる気力を失い、二階と三階の間にある踊り場で立ち尽くした。

「真弓さん、大丈夫ですか？」

すると、なぜか背広姿の夫が、花束を持って背後に立っていた。

「えっ？　佑さん、お仕事はどうしたんですか？」

「交換しようか」

夫が泣きわめく帆乃香を抱え、私は花束を受け取る。

「今日は早退してきたよ。奥さんの誕生日だからね」

「あっ……！」

自分の誕生日のことなどすっかり忘れていた私は驚いた。

「真弓さん、お誕生日おめでとう」

「ありがとうございます」

生真面目で優しい夫は、私の誕生日を忘れずに祝ってくれる。普段は無口で、家にいる時は縦のものを横にもしないものぐさなところもあるけれど、ここぞという時はいつも頼りになった。

「帆乃香にもプレゼントがあるよ」

帆乃香を抱いたまま、なんとか夫が鞄から取り出したのは、かわいい子鹿の絵が付いたアルミ製のお弁当箱だった。

「………」

帆乃香はきょとんとしている。

「そのお弁当箱、どうしたんですか？」

「同僚の子供の話なんだけどね。お兄ちゃんと同じお弁当箱にしたら、好き嫌いの多い弟のほうもなんでも食べるようになったらしい。それで、帆乃香もお弁当にしたらどうかなと」

夫が子供のお弁当箱を選ぶ様子を思い浮かべて微笑ましく思った。何も言わないからといって、何も考えていないわけではない。夫は夫なりに子供のことを考えていたようだ。

「でも、そんなにうまくいくでしょうか」

まだ幼稚園にも行っていない帆乃香には、お弁当箱は早いような気がしていた。ところが意外にも、夫の目論見(もくろみ)どおりとなる。

2DKの社宅は、当時の私達には、ちょうどいい広さだと感じていた。しかし、今で言うダイニングキッチンは、壁付のキッチンと冷蔵庫と食器棚と小さなテーブルがすし詰めになっている状態だ。

だけどそれが、ちょうど良かったのかもしれない。

ちらちらする蛍光灯、ヤカンから吹き出る湯気、花柄のグラス。テーブルの上には夫が出しっぱなしにしたままの新聞と灰皿。そんな雑多な空間でさえ、懐かしい。

早速その日の夕飯を、帆乃香のぶんだけ、お弁当箱に詰めてみた。

「おいちーね」

小さなおにぎり、卵焼き、にんじん、帆乃香はどれも綺麗に平らげた。

「たーたん、おいちーね」

しっかりした様子で、帆乃香は「おいしい」と伝えてくれた。

「そうだね。おいしいね」

帆乃香とおしゃべりできた嬉しさに私は涙ぐむ。

「いい誕生日だね」

夫がビールを飲みながらボソリと言う。

本当に素敵な誕生日だった。

可愛いアルミのお弁当箱。花瓶に生けた、ピンクのガーベラとかすみ草。嬉しそうな帆乃香の笑顔。無口な夫の優しい目。

思い出は少しも色褪（いろあ）せることなく、私の心の中にある。

だけど、小さかった帆乃香はたいして覚えていないだろう。

それから私の意識は静かに『おもひで堂』へと帰っていく。

「店長さん、私、欲しいものがあります」

「どういったものでしょうか？」

美しい店長さんは長い前髪を掻き上げた。その細く白い指先を、私は自然と目で追っていた。

「アルミのお弁当箱が欲しいんです。かわいい子鹿の絵が付いていて、これくらいの、小さいお弁当箱」

膝の上で指を丸めて、お弁当箱の大きさを表現する。

改めて、とても小さなお弁当箱だったのを思い出す。お弁当箱のふたを開けて、嬉しそうにする帆乃香の顔が蘇り、じわりと涙が浮かんだ。困ったことに、年をとると涙腺が緩くなるのである。

「かしこまりました。二、三日、お時間をいただくかもしれませんが、ご用意いたします」

店長さんの言葉に、私はとても安堵した。

「良かったですね。思い出が見つかって」

エイトくんがにっこりと微笑む。

「あの、流行っている髪型なんでしょうけど、前髪、切ったほうがいいですよ」

私はまたおせっかいをしてしまったことに、「あっ」と、口元を隠した。

「ありがとうございます。俺もそうしようと思ってたところなんです」

エイトくんは頭を掻きむしった。

「ごめんね。おばさんって口うるさいでしょう？」

「えっ、いや……昔は、そんな風に思ったこともあったかもしれませんが。ああっ、すみません。だけど今は、自分に興味を持ってもらったり、アドバイスをもらえたりって、ありがたいことだったんだなって思います。俺が見えているってことですもんね。それが、存在している、生きているってことなんだろうなと。あの……変なことばかり言ってすみません」

「ううん、よく分かるよ。一人じゃつまらないものね。誰かとこうして向き合って話をするのって、楽しいもの。うちの夫みたいに、一方的にこちらが話しかけるばかりで反応がない人だと、私のこと見えてないいんじゃないかって………」

もしかして、見えていない？

私はそこで、ハッとした。

自分自身に、存在しているという実感がまったくないことに気づいたからだ。

長いこと、ふわふわと曖昧で、頼りなくて、不安だった。

もしかすると、夫にはもう、私が見えていないのではないか。

だから、返事がないのではないだろうか。

暑くも寒くもないけれど、急に力が抜けて震えだし、本当に体が溶けてしまいそうな気がした。

さらに軽いめまいを覚え、頭を押さえる。

「谷原様、大丈夫ですか？」

店長さんが心配して、私の顔を覗き込んだ。綺麗な琥珀色の瞳に見つめられ、絶望感が僅かに和らいだ。

「私……あの時……」

私の意識は再び過去へと引きずられる。

それは確か、一年前の八月下旬。

鎌倉の空は晴れ渡り真っ青だった——

「暑いですね」

私は二の鳥居の前で空を仰ぐ。まだ朝の九時前だというのに、真夏の太陽は容赦なく燦々と降り注ぐ。

「そうかい？」

それでも夫は涼しい顔をしていた。若い頃からずっと痩せていてスタイルの良い夫と、下半身に脂肪をつけてしまった私とでは、体感温度がずいぶんと違うようだ。

私はハンドタオルで顔を拭う。サックスブルーのサマーセーターはもう汗でぐっしょりだった。

「日陰を行くかい？」

「いいえ。段葛を行きます」

鶴岡八幡宮の参道である若宮大路の中央には、歩行者専用の道がある。葛石を積んで一段高くなったこの道は、『段葛』と言う。その入口に立つのが二の鳥居だ。若宮大路にみっつある鳥居のひとつである。

段葛は、春には両脇の桜が咲き誇り美しい名所となるが、この暑さの中では人通りもまばらだ。照り返しがきつく、さらに汗が吹き出す。

「真弓さん、顔色悪いよ。引き返そうか?」

珍しく夫が不安を口にする。

「これくらい、大丈夫です」

私は帽子のつばを上げ、額の汗を拭いた。少しの暑さくらいなんてことない。

私たちは鶴岡八幡宮の境内でやっている鎌倉骨董市に向かっていた。お宝探しというわけではないが、ただ、珍しいものや綺麗なものをながめるのが好きだった。骨董品にまったく興味のない夫は、単なるつきそいである。

「真弓さん、鎌倉は好きかい?」

「ええ。すっかり好きになりました」

「それは良かった。二人でのんびり老後を暮らしましょう」

「ふふっ。そうですね。のんびり暮らしましょう」

普段無口な夫との会話はこそばゆい。夫もきっと、外に出て気分が良くなったのだろう。

私はとても幸せだ。優しい夫がいて、娘はすでに結婚し東京で暮らしている。まだ私は五十代だし、十歳年上の夫も健康だ。老後のために貯金はもちろんしてきたが、何が起こるか分からない。なんなら、私がパートに出てもいい。

とにかく、すでに隠居生活を送る夫との時間はたっぷりある。これからも夫と一緒に美味しいものを食べ、色んなところへ旅行もできるだろう。

人生はたぶん長い。楽しまなくては——

やっと三の鳥居が見えてきた。ここで段葛は終わりだ。しかし、まだ本殿までは遠い。なのにすっかり私は息があがっていた。

「真弓さん、少し休もうか？」

「そうですね。お水飲んでくれば良かっ……」

昨夜、夜ふかしして洋画を観ていたのが良くなかったのだろうか。ひどく気分が悪くなった。少しも喉は渇いてなかったけれど、どうやら身体はカラカラに渇いていたようだ。

お父さん……

もう声にならなかった。

突然、目の前が真っ白になって、そこから先の記憶がない。

真弓さん、と夫が何度も私の名前を呼んでいた気がするが、返事をすることはできなかった。

どうやら私の命は、そこで、ぱたん、と閉じたようだ。

「……そういうことか」

パズルのピースを埋めるように、やっと違和感の正体に気づいていく。私はもう亡くなっていたのだ。もっと絶望するかと思ったが、そうでもなかった。

「私、全部、思い出しました」

目の前には、美しい店長さんの憐れむような顔がある。カウンターの向こうには、心配そうに胸の前で手を握り合わせるエイトくん。

優しい人たちだなと思う。赤の他人の思い出話に心を痛めているのだとしたら、申し訳ない。私が見えるということは、きっと、この人たちにも色々な事情があるのだろう。しかし、詮索は無用だ。私は、なぜ、とか、どうして、という言葉を呑み込んだ。

「谷原様、大丈夫ですか？」

「はい。大丈夫です」

　その時、心は凪いだ海のように穏やかだった。楽しい人生がまだ続く予定だったのにと思うと悔やまれるが、それ以上に、この世に留まる時間がまだ残されていたことに感謝したい。

「夫とちゃんとお別れしてから、お弁当箱を受け取りに伺いますね。娘とのお別れは時間がかかりそう。長い間、まともに口を利いていないから」

　心残りがあったから、私は夢とも現実ともつかない日々を送っていたのだろう。そうと分かれば、早くすっきりして、孫の海斗のところに行ってあげたいと思う。

「きっとうまくいくと思いますよ」

　エイトくんが明るい声で励ましてくれた。

「ありがとう。がんばってみるわ」

　二人にしっかり御礼を言って、私は『おもひで堂』をあとにした。

（4）

台所の片隅には、洗って綺麗になったコンビニ弁当の容器が重ねられている。ペットボトルや空き缶もきちんと分別されていた。私が口うるさく言っていたことを守っているところが、夫らしいと感心する。

「若者向けで味が濃いからって、苦手だったのにねえ」

私はコンビニ弁当の容器を手に取り、溜息を吐いた。

容器はどれも同じ形をしている。たぶん『幕の内弁当』だ。毎日同じでは、栄養の偏りも気になる。たまには娘の帆乃香が様子を見に来るかもしれないが、あまり頼りにするのも良くないだろう。

「お父さん、やればできる人なのにな。飽きっぽいけど」

ダイニングボードの引き出しを開け、三冊のノートを取り出した。それだけの作業なのに、とても疲れてしまう。どうやらものを動かすのは気力がいるようだ。頭がぼーっとして、眠気のようなものを感じた。

「……良かった。まだ、あった」

目をこすりながら、ページをめくる。

それらは、新婚当時に付けていたレシピノートだ。最近ではもうすっかり頭に入っていて、わざわざノートを見返すことはなくなっていた。

お味噌汁の出汁の取り方から始まり、肉じゃが、魚の煮付け、茶碗蒸し、炊き込みご飯などのレシピ。どれも、姑から受け継いだものだった。

姑は何も知らない若い嫁に色んなことを丁寧に教えてくれた。失敗しても「気にしない、気にしない」と笑って許してくれる。夫と同じで、とても優しい人だった。

「懐かしいな……」

あちらに行ったら、姑や舅に夫の話を聞かせてあげよう。夫は相変わらず無口だけど元気だと伝えなければ。

私はダイニングテーブルにレシピノートを広げて置いた。

「お父さん、どうせ暇なんだから、料理を覚えたらどうですか？」

台所から、居間でテレビを観る夫に声を掛ける。当然ながら、返事はない。だけど私は、独り言を続けた。

「谷原家のレシピ、ここに置いておきますね。気が向いたら、見てください。コンビニ弁当ばかりじゃ、味気ないでしょう？　お父さんは器用だから、料理もすぐにできるようになりますよ。ほら、お父さんが大好きな鯛の煮付け、案外簡単にできるんですよ。スーパーでお魚の下処理してもらえば……」

すると、私の声など聞こえてないはずの夫が、ふらっと台所までやってきた。

「もう夏か……いよいよ真弓さんの命日がやってくるな」

夫はしみじみとつぶやいた。

以前はしゃんとしていたはずの、夫の丸まった背中を見て、前より痩せたみたいだと思う。

胸が締めつけられるように切なくなった。本当なら、私のほうが長生きして、夫を看取ってあげられると思っていたのだ。守ってもらうばかりで、何も返すことができなかった。じわりと、涙の輪郭が浮かぶ。

「あれ、こんなもの出しっぱなしにしていたかな？」

まんまとノートを見つけた夫は、食い入るようにして見ていた。

「真弓さんの字は、お世辞にも上手いとはいえない」

夫がくすりと笑う。

手の甲で目尻を押さえながら、私も笑った。

「魚の煮付けでも作ってみるか……」

夫の言葉にしめしめと思う。

「お、お父さん……物置に盆栽鉢しまって、いますから、また……始めてみたら……ど、どうですか?」

涙声になってしまったが、どうせ聞こえていないのだから構わない。それでも私は、お別れにふさわしい言葉を探していた。

ありがとう。

さようなら。

元気でね。

あまり湿っぽくなるのも嫌だから、最後は笑顔でお別れしたい。あっさり旅立とうと決めた時だった。

「真弓さん、ありがとう。毎日美味しいごはんをありがとう。娘を産み、育ててくれてありがとう。つまらない男と結婚してくれてありがとう」

夫は老眼鏡を外し、涙を腕で拭い、肩を震わせていた。たまらなくなって、夫の肩へと手を伸ばす。しかし、私の手は、するりと夫の体をすり抜けてしまった。

「お父さん……嫌だ……お父さんが泣いたら、私、笑って旅立てないじゃない」

「真弓さん……真弓……」

夫の震える声に、私の心も大いに震えた。

ずいぶんと長い間一緒にいた気がするけれど、振り返ると一瞬のようだ。涙が溢れて止まらない。人生はなんて儚くて……そして美しいのだろう。

私は幸せだ。こんな素敵な人と、人生をともにしたのだから。

ありがとう。

さようなら。

元気でね。

「だめだわ。上手にお別れできない……やっぱり私、何も言わずに行くわね。ごめんね……」

これからも鎌倉の街が、夫に優しくしてくれますように。

涙で滲んだ夫の姿は、いつしか視界から消え去った。

§

「夕飯いらないなら、もっと早くに連絡してくれればいいのに……」

帆乃香がスマホをソファに投げ捨てる。その様子を、私は部屋の片隅で見ていた。我が娘ながら乱暴だ、と少々呆れる。

どうやら旦那（だんな）の帰りが遅くなるようだ。食卓にはすでに二人分の食事が用意されている。行き違いがあったのだろう。

夕食は手作りハンバーグだ。谷原家直伝てりやき風ソースがかかっている。付け合わせがカリフラワーなところまで一緒だ。

「やっぱり私の娘ね」

思わず顔が綻（ほころ）ぶ。

東京に暮らす娘夫婦のマンションはなかなか良い場所にある。窓から見下ろす目黒川沿いにはおしゃれなカフェやバルが並び、春には美しい桜のアーチがかかる。

部屋からお花見ができて、海斗もきっと喜んだだろう……と口に出しそうになり慌てるが、どうせ帆乃香には聞こえないのである。

ダイニングテーブルに肘を突いて、帆乃香はぼんやりとしている。

一人では食事を取る気にならないのかもしれない。溜息を吐くと、なんともなしに席を立ち、リビングを出ていった。

「あなたも、色々と大変ね」

帆乃香は父親に似て気持ちを言葉にするのが苦手だけど、やることはやる。その通り、仕事をしながら家のことまできちんとやっているようだった。リビングは片付いているし、掃除も行き届いている。だけど、生活の中心であるリビングに、海斗の思い出が何もないのは寂しい気もする。

「きっと、常に目にするのがまだ辛いのね……」

ずいぶん前に、一度だけこの部屋に遊びに来たことがある。あの時は、壁を埋め尽くすように、海斗の描いた絵が貼られていた。すでに海斗は入院していてここにはいなかったけれど、あの子の存在を強く感じられたものだ。とても賑やかで明るいリビングだった。

もう一度、生活感のない殺風景な部屋を見渡す。

「海斗のことはお母さんに任せて、帆乃香はもう少し人生をがんばりなさい」

娘とゆっくりお別れしたかったけれど、どうやら、時間が足りないようだ。

「きっと、これでいいのよ」

私という形がなくなったとしても、私の娘への愛は消えない。手作りハンバーグのように、自然と私の思いは受け継がれている。

——たーたん。

帆乃香が初めて「おかあさん」と呼んでくれた日を思い出す。

私は幸せだ。平凡で何の取り柄もない私が、あの日、小さな手のひらを握った時、ひとまわり強くなれた気がした。

子供を産んだから、母親になったのではない。小さな命を守ろうと決めた日、私は母親になったのだと思う。

帆乃香は大丈夫だ。帆乃香は今も海斗のお母さんだから。だからきっと、これからも強くいられると思う。未来に向かっていけるはずだ。

もっと色んな話、したかったね。だけど帆乃香がいてくれたおかげで、私の人生は楽しかった。

ありがとう。

さようなら。

元気でね。

心の中でそうつぶやいた時だった。

「お母さん、いるの⁉」

そこでリビングのドアが勢い良く開いた。

「……帆乃香、あなた、まさか」

青白い顔をした帆乃香は、アルミのお弁当箱を手にして呆然としていた。私がそっと海斗のおもちゃ箱に交ぜておいた、子鹿のお弁当箱を見つけたようだ。

「だって、このお弁当箱がうちにあるなんて変でしょう？　実家から持ってきた覚えもないし……お母さんじゃないの？」

震えながら、帆乃香は泣きそうな顔になる。

「驚かせて、ごめんね」

抱きしめてあげたいけど、それはできない。

帆乃香には私が見えるのかと思ったが、違ったようだ。視線はまったく私を捉えていない。ただ虚空（こくう）に向かって話しているだけ。

「……何馬鹿なこと言ってるんだろう、私。疲れているのかな」

帆乃香は戸惑いながら、ダイニングテーブルにお弁当箱を置いた。

「懐かしいな……お母さんのお弁当。彩りはイマイチで地味弁だったけど……私、お母さんの味がやっぱり一番好き」

ずずっと、鼻をすする音がする。

「ごめんね、お母さん。いつも八つ当たりばかりして。私、お母さんが大好きだったんだよ……本当だよ……」

「そんなこと、分かってるわよ。あなたは、小さい頃からお母さんっ子だったんだから……」

私は帆乃香のそばへ行き、神経を集中して肩を撫でる。すると、少しだけ触れることができた。

「えっ……？」

帆乃香は一瞬顔を上げて辺りを見回すが、気のせいだと思ったのだろう。再び視線を落とした。

「もっと親孝行していれば良かった……」

「あなたが元気なのが、何よりも親孝行じゃない」

「私がそっちに行くまで、海斗のことよろしくね。急いで行くと……きっと、お母さんは怒るだろうから。私、最後まで自分の人生をがんばるよ」

「帆乃香ならそう言ってくれると思ってた……よ……」

久しぶりの娘との会話に、堰を切ったように涙が流れ出した。私は嗚咽しながら顔をぐちゃぐちゃにする。それでも涙を拭うこともせず、お弁当箱に話しかける娘をながめていた。

神様がいるのなら感謝したい。最後に最高の思い出ができた。やっと帆乃香と打ち解けられた気がする。

「お母さんが、『他人と違ってもいいよ。のんびりでもいいよ。帆乃香は帆乃香らしくがんばればいいじゃない』って、いつも励ましてくれたから、私、がんばれたんだよ。お母さん……ありがとう……」

帆乃香に私の思いは届いていたようだ。

「た……たまには、お母さんも、いいことも言ってたね?」

言わなければ良かった、と後悔することもあったけれど、それでも言葉にする勇気は必要だった。

気持ちを伝える努力は惜しまないほうがいい。

なぜなら、長いだろうと思っていた人生は、案外と短いから。誰だって、後悔はしたくないはずだ。

「お母さん……帆乃香のお母さんやれて嬉しかった」

私は涙を拭った。

ありがとう。

さようなら。

元気でね。

帆乃香の背中が霞んで見えた。

しかし、揺らいで霞んでいるのは私のほうだろう。いよいよ時間が迫っているということだ。旅立つ覚悟をして、私は帆乃香との思い出を抱き締めた。

「この先の未来が、帆乃香に優しくしてくれますように」

小さな可愛い手のひらの感触が蘇る。

おしゃべりが得意でなくてもいいよ。

ゆっくり、上手になろうね。

悲しい時は泣いてもいいよ。

涙は、お母さんが拭いてあげる。

何度もそう語りかけて、帆乃香の頭を撫でてやったのを思い出した。思い出は、きらきらと光る水面のようだった。眩しくて、瞬きを繰り返す。

「思い出は綺麗ね」

やがて、私の存在はシャボン玉のように儚い球体となり、帆乃香から離れ、ふわふわと浮かぶ。それから天井を通り抜け、一気に空へと舞い上がった。眼下には、白い街灯に照らされた道が伸びている。顔を上げるとビル群が見渡せた。

「さようなら」

私という存在が、この世に泣きながら産まれたのが、ついこの間のように感じられる。

まるで映画のダイジェストのようだ。懐かしい思い出たちを見つめながら、明るい東京の夜空に、私の形は溶けていった——

閑話

一日のルーティンはたぶん、ここから始まる。『おもひで堂』の店内を箒で掃くのも板についてきた。いつの間にか、床に無造作に置かれた壺や鉢を動かすことなく、自由に箒を這わせ、埃やゴミを集めるのにも慣れてしまった。

そこでふと、見慣れない眼鏡（めがね）が陳列してあるのに気づいた。

「これも、誰かの思い出かもな」

黒縁眼鏡をそっと持ち上げ、覗き込む。そこで俺は、すぐに違和感に気づいた。

「度が入ってない」

レンズ部分はただのプラスチックだ。いわゆる伊達（だて）眼鏡である。

「別に意味はないのかな……いや、何かありそうだ」

俺が店番を任されている『おもひで堂』は、ただの雑貨店ではない。

古いものから比較的新しめのものまで、所狭しと棚に並んだ味のある品々は、どれもワケありな商品なのである。

だからこそ、この眼鏡を求めてお客様がやってくるだろうと予感する。しかし、『おもひで堂』の店主である南雲さんは外出中だ。今、お客様がやってくるのは、非常に困る。

——エイトさん、店番お願いします。

それだけ言うと、いつもふらっと、南雲さんはどこかに行ってしまう。

まだ接客に不慣れな俺に店を任せて平気なのだろうか。南雲さんが留守の間、店の番をするのが俺の仕事であるものの、経験不足の俺では、余計なことを口走ってお客様を不安にさせかねない。

ともあれ、今の俺にできることは、祈ることだけ。

「誰も来ませんように」

ところが、俺の無理な願いは叶わない。ここは、彷徨う魂のために思い出を探す店なのだから。

木枠にガラスが入った店のドアが開き、紺色のセーラー服を着た少女が店へと足を踏み入れる。彼女は天井から下がるランプを見上げてぼんやりしていた。

「いらっしゃいませ」

さっそくやってきたお客様に、俺は慎重に声を掛ける。

「あっ、こんにちは」

恥ずかしそうにもじもじしている少女は中学生くらいだろうか。胸の校章には花のモチーフと『中』の文字。やはり中学生のようだ。

きっちり編まれた三つ編みは、最近見かけるふわっとした三つ編みと違い、どことなく古めかしい。きっと真面目な子に違いない。

「何かお探しものですか？」

「ええと……」

俺の顔を見ながら、少女は目を細めた。最初、睨まれたのかと思ったが、おそらくそうじゃない。

「もしかして、視力あまり良くないの？」

「は、はい。最近、裸眼だとほとんど見えなくて」

俺は棚に並んだ黒縁眼鏡に目をやる。しかし伊達眼鏡では役に立たないだろう。

俺のそんな心配をよそに、そそくさと少女は鞄から眼鏡ケースを取り出した。

「コンタクトレンズはまだ早いって、親が言うので」

少女は細いフレームの眼鏡を掛け、照れくさそうに笑う。学生らしいシンプルな眼鏡は、リムがさりげないピンク色で可愛らしい。

「眼鏡、とっても似合ってるよ。じゃなくて、お似合いですよ」

中学生とはいえ相手はお客様だった、と思い直す。

「そんなことないと思います……」

ところが、少女は俯(うつむ)いてしまった。

「探しているものがあったら、お手伝いさせてください。ただ、お名前とか、簡単な個人情報をお聞きすることになるんですが」

さっきまでの不安はどこへやら、俺はいっぱしの店員のような口調になる。

すると、途端に少女が怪訝そうな顔をした。俺は慌てて弁解するのだ。

「品物を探すのに、必要な情報なんです。いや、だから、怪しい商売じゃなくて」

中学生相手に個人情報を聞き出すなんて、怪しくないわけがない。俺は心の中で手を合わせた。

南雲さん、早く帰ってきてくれ！

「前に、このお店に来た時にも聞かれたんですけど。もう一度、話したほうがいいですか？」

「そうなの？　ちょっと待ってて！」

俺は慌てて注文書を取りに戻った。レジのそばにある棚からクリップボードを取り出し確かめると、やはり『黒縁眼鏡』の注文を受けている。用紙に記入されていた注文者の名前を俺は読み上げた。

「青木花音さん……、ですか？」

「はい。そうです」

「すみません。別の者が伺っていたんですね。ということは……ご注文いただいた眼鏡はこちらで間違いないでしょうか？」

俺は黒縁眼鏡を花音さんに手渡す。

「わあ、これです。イメージ通り。この眼鏡を、友達にプレゼントするつもりだったんです」

花音さんは嬉しそうに微笑む。

「伊達眼鏡を？　あ、すみません」

俺は口にしたあと、しまった、と思った。詮索しすぎかもしれない。

しかし、探しものに込められた思いが何なのか、どうしても気になってしまう。思い出を持たない俺でも、彼女たちにとってそれらがどれだけ大切なものなのかは、分かっているからだ。

「毎年クリスマスには、友達とプレゼント交換をしていました。お互いの欲しいものを贈り合うんです。私は本が欲しいと言いました。だけど、ともちゃん、あ……友達です。ともちゃんからのプレゼントは受け取ったのに、私はずっと渡せないままで」

花音さんは、手にした黒縁眼鏡を大事そうにながめていた。

「やっと思い出しました。ともちゃんが、眼鏡を欲しがっていた理由」

「理由？」

「はい。私、いきなり視力が落ちて、眼鏡をしなきゃいけなくなったんですけど、恥ずかしくて学校では掛けられなかったんです。そしたら、ともちゃんも眼鏡を掛けるって言い出して。二人なら恥ずかしくないよねって。眼鏡は花音が選んでって……それで、プレゼントはともちゃんに似合いそうな、この眼鏡にしようって思っていました」

花音さんはレンズの向こうで、僅かに瞳を潤ませた。

「すごく嬉しかった。ともちゃんとは幼稚園からずっと一緒の幼なじみで。引っ込み思案(じあん)な私を、ともちゃんがいつも友達のところまでひっぱって連れて行ってくれていました。たぶん、ともちゃんと一緒なら、学校で眼鏡をするのも恥ずかしくなかった。だけど、視力だけじゃなく、だんだん耳も聞こえなくなってきて。そのあと私、入院してしまったんです。そろって眼鏡を掛けることは、結局一度もありませんでした」

花音さんの表情がますます悲しそうになり、俺の胸も痛んだ。

「そうだったんですか……」

「だから、ともちゃんにプレゼントを渡せなかったことがずっと気になってて。それで、あの、お願いがあるんですけど」

「はい？」

「この眼鏡、プレゼント用にラッピングしていただけませんか？　できれば、クリスマスっぽく」

俺は花音さんの高度な依頼に固まりかける。

「ラッピング……、クリスマス……」

ラッピングだけでも難題なのに、夏の最中にクリスマスを求められ、頭の中は軽くパニックだった。しかし、怯んではいけないと覚悟を決める。

「お、おまかせください。クリスマスプレゼント用のラッピングですね」

俺は花音さんを安心させたくて、大げさに胸を張った。

雪の夜をイメージして、ネイビーに白のドットが入ったラッピングペーパーを選び、赤と緑のクリスマスカラーのリボンを結んだ。小さな贈り物に、精一杯の思いを込める。リボンが少しばかり傾いているが、どうか許してほしい。

「わあ、素敵！」

友人へ贈るクリスマスプレゼントを手にした花音さんの笑顔は、真っ赤なポインセチアのように華やかだった。夏に咲いたクリスマスの花に、思い出は一人では作れないものだと気づく。花音さんをこの世界に留まらせるのは、友人へのひたむきな感謝の気持ちだ。

「ともちゃん、きっと喜んでくれると思います」

これだけ嬉しそうな顔をしてもらうと、やりがいもあるというものだ。花音さんがこれからもずっと抱いていくだろう思い出がひとつ増え、俺まで嬉しくなる。

器を失くし魂だけになったとしても、たぶんずっと、思い出は消えないのだろう。

「花音さんの気持ちもきっと届きます」

俺は、思い出探しを肯定的に捉えることができるようになっていた。

今、自分が置かれた状況も少しずつ受け入れ始めている。

俺の頭の中にある、ときどきぼんやり浮かぶ景色には、いつも誰かの影があった。あれが記憶の断片なのなら、やはり思い出は誰かと作るものに違いないと、思いを強くする。そして、思い出を煌めかせるのは、誰かの心からの思いなのではないかと。

「ありがとうございました」

花音さんは元気良くそう言うと、セーラー服の襟と三つ編みをふわっと浮かせ、くるりと背を向けた。

もう、引き止めることはできない。

さようなら、と俺は心の中でつぶやく。

店を出て、白い光に包まれる花音さんを見送りながら、いつものように胸をぎゅっと掴まれたような気持ちになった。今ここに、南雲さんがいてくれればと、少しだけ恨めしく思う。

やがて花音さんの姿は、光の中に溶けて消えた。もう会うことはないだろう。思い出が見つかって良かったというのは、もちろん心からの思いだ。しかし、どんなに素敵な思い出であろうとも、二度と戻らない時間である。どうしても、辛い気持ちが込み上げてくる。

もちろん、切なさや悲しみだけではない。花音さんの満足そうな表情に、優しくてあたたかな気持ちにもなる。

「もしも……」

もしも、南雲さんがずっと一人でこの仕事をしてきたのだとしたら――

南雲さんのこれまでとこの先に思いを馳せ、やるせないような気持ちになるのだった。

§

ゴツゴツしたロックアイスと輪切りのレモンが入ったグラス。メロウな黄色に、ほんの少しセンチメンタルな気分になるのはどうしてだろう。

「うわーウマっ!」

冷えたレモネードを喉に流し込み、思わず唸る昼下がり。

爽やかなレモンの酸味とすっきりとしたはちみつの甘さが絶妙なバランスで、一気に頭が冴え渡る。

さらに、南雲さんのお手製レモネードは、観終わった映画へのもやもやまでも吹き飛ばしてくれたようだ。

調子が良くなった俺は、皿に載ったクッキーをひとつつまみ、口に放り込む。こちらも南雲さんの手作りである。サクッとした歯ごたえ、表面のグラニュー糖のシャリシャリ感、それからバニラの香り。ディアマンクッキーに、気分は上がっていく。

〝ディアマン〟とはフランス語でダイヤモンドを意味する。クッキーの表面にまぶされたグラニュー糖が、ダイヤモンドみたいに輝いて見えることから、その名がついたお菓子だと、説明を受けた。

思い出も〝ディアマン〟かもしれないと俺は思う。

花音さんを見送ったのは昨日。翌日の今日は『おもひで堂』の定休日。少しぼやけた頭で、時間の流れを確かめる。そして今はちょうど、俺と南雲さんは映画鑑賞を終えたところだ。

「きっと真弓さんは、映画のあらすじを勘違いしていたんでしょうね」

俺はプレーヤーからブルーレイディスクを取り出し、プロジェクターの電源をオフにした。先程まで映画が映し出されていた場所が、いつもの白い壁に戻る。

『おもひで堂』のお客様である真弓さんのおすすめ『君に巡り逢えたら』は、自分だったらチョイスしそうにないロマンチックな恋愛映画であったが、美しい映像によっていつの間にか映画の世界に引き込まれていた。

主演は同じくお客様の神林レイさん。彼女の自然な演技もとても良かった。

ただ、事前に真弓さんから聞いていたストーリーとまるきり内容が違ったというのが、どうにも腑に落ちない。

「まさか最初から最後まで東京の話だったとは。鎌倉はワンシーンも出てきませんでしたね。登場人物の名前も違っていた気がするし。観終わったあと、もやっとしてしまいました」

真弓さんから仕入れた事前情報では、映画の舞台は鎌倉だったはずだ。

「まあ、別にいいんですけどね」

俺は軽く溜息を吐いて、頭を掻いた。他に鎌倉が舞台の映画があるのなら聞きたいところだが、それももう叶わない。真弓さんにはもう会えないのだ。

「真弓さんの記憶が、誰かのものと入れ替わったのかもしれません」

ダイニングテーブルの上で頬杖をついた南雲さんが、窓の外をながめながら言った。

「そんなこと、あるんですか?」

俺は驚いて、目を瞬かせる。

誰かの記憶と入れ替わる?

普通ならそんなことありえない。だけど、『おもひで堂』でならありえそうだ。

「稀にですが、そのようなこともあります。真弓さんの魂が、長い間この世に留まり続けたことが原因かもしれません。魂は儚く頼りないものですから、誰かの強い思いに影響されかねないのです」

俺はじっと南雲さんの話に耳を傾けた。

「誰かの記憶を、映画のストーリーだと思い込んで伝えたのかもしれません」

真弓さんの記憶が改変されたのなら、ありえるかもしれない。でなければ、お気に入りの映画の舞台を間違えたりしないはずだ。

「だとしたら、誰の記憶なんでしょうね。俺は、今観た映画よりずっと、真弓さんが話してくれたストーリーに共感しました。どうしてだか分からないんですが、まるで、自分が体験しているような……」

その瞬間、俺の心臓がドクンと脈打った。慌てて胸を押さえる。

すると今度は、ぐわん、と視界が揺れた。がらんどうのはずの頭が、何かを訴えているようだった。

知りたい、だけど――

「どうかしました？」

「い、いえ」

知ってしまったら、今の自分はどうなってしまうのだろう。その答えを知るのは怖くもあった。

俺はぼんやりしかけた頭を振り、深呼吸する。心配そうにする南雲さんに、安心してもらおうとかけるべき言葉を探した。

呼吸が整ってくると、思考も落ち着き始める。

「映画のことは、もういいや。真弓さんが心安らかだったら、それでいいのかなって思います。真弓さんが探していたマオが、『おもひで堂』に住み着いていた黒白猫だって分かっていて知らないふりをしたのも、不安になってほしくなかったからなんです」

マオにとって思い出の品である盆栽鉢が『おもひで堂』に売られていたことも、真弓さんには伝えなかった。

話したところでどうなるものでもなかったからだ。

真弓さんはきっと今ごろ、マオに会えているだろう。マオも喜んでいるはずだ。

「それでいいんですよ」

南雲さんは憂い顔で言った。

「私達にできることは、思い出を探すお手伝いをすることだけ。お客様ご自身が、歩む道を決めるのです」

「そうかもしれませんね」

留まるのも、先に進むのも、自分次第ということか。

その日が来たら、俺も決断できるのだろうか。

ぐるぐると思いは渦巻くものの、もう少しだけ先延ばししたい気分だった。

「お客様の花音さん、この辺の中学校に通っていたんでしょうか？　胸に校章が付いていて、確か、花と笹みたいな葉っぱがデザインされていました。南雲さんはご存知ですか？」

花音さんの魂の行方を案じながら、俺は南雲さんに訊ねた。

「あれは、りんどうの花です。青みがかった紫の花で、葉は笹に似ています。花音さんが着ていたセーラー服ですが、実は、五年前に統合された学校の制服で、今はもう存在しません」

「えっ……じゃあ、花音さんは……」

「そうですね。ずいぶん長い時間、彷徨っていたのでしょう。思い出がたくさんあるかたは、品物を集めるのにも時間がかかります。黄泉の国では、『魂探し』が始まっているかもしれません」

「魂探し？」

「ええ。だからできるだけ早く、思い出を見つけなければなりません」

おもむろに、南雲さんはひとつに縛っていた髪をほどいた。さらさらと艶やかな長い髪が背中に落ちる。すべての動きが、スローモーションのようだった。

一瞬が長く感じられるのは、どうしてだろう。少しだけ悲しい気分になる。

「俺、ちゃんと見送れたのかな。俺なんかで良かったのかな。本当は、南雲さんが見送ったほうが良かったんじゃ……」

そこまで言いかけて、ふと、昨日の花音さんの笑顔を思い出した。不器用なラッピングだったけど、黒縁眼鏡の思い出に、俺の思いもしっかり込めたはずだ。

「案内人はただお手伝いをするだけですから」

南雲さんが再び、それで充分だ、と慰めてくれているように感じた。

「はい。そうですね」

もっと自信を持ってもいいのかもしれないと、俺は思い直す。そうでなければ、花音さんにも失礼だ。

「おかわり、いかがですか?」

南雲さんが空になった俺のグラスを持ち上げた。俺の喉はすっかりカラカラだった。

「いただきます」

二杯目のレモネードはほんの少し苦味がある。それでも一気に飲み干すと、体中に夏が染み入っていくような爽快感に満たされた。

第三章　クレヨンと画用紙の美術館

（1）

夏は苦手だなあと思っていた。

本当なら、七月の真ん中くらいになると、僕はお父さんとお母さんのところに帰ることができる。両親が暮らすあちらの世界では、その日を『お盆』と呼ぶそうだ。友達の多くは八月のお盆に帰るけど、僕の家は七月だった。お盆にも色々あるらしい。

だけど三年前から、僕はあちらに帰れなくなってしまった。もしかしたら両親が僕のことを忘れて、呼んでくれなくなったのかもしれない。

だから、夏が苦手になった。仲良しの友達が帰ってしまったら、一人ぼっちでつまらないから。

それでも夏は来てしまう。お盆がやってくるのは仕方ないことだと、諦めかけていた時だった。とてつもなく広いこちらの世界で、運良く、僕はおばあちゃんに会えたのだ。

僕たちはお互い、生きていた時と違う姿かたちをしていたけれど、互いのことがすぐに分かった。見た目はただの器で、実際は魂だけだからかもしれない。

「海斗、大きくなったわねぇ。来年は中学生だもんね。え？　お母さんに会えない？　まさか、お父さんやお母さんが、海斗のことを忘れるわけがないじゃない！　そうだわ。困った時は、あそこへ行ってみるといい。おばあちゃんの家がある鎌倉に『おもひで堂』っていう、雑貨屋さんがあってね……」

この時期は黄泉の国の門が開いているので、行列にまぎれてしまえばこっそりあちらに行けると、おばあちゃんはいたずらっぽく笑う。つまり、おばあちゃんの手筈によって、僕はこの世に戻ってくることができたのだ。

というわけで今、鎌倉にある『おもひで堂』の前に立っている。

「本当に来ちゃったよ」

「みゃあ」

腕の中で猫のマオが鳴いた。

一人じゃ心配だからと、無理やりおばあちゃんからマオを預けられた。猫のマオが何の役に立つのか疑問だったけど、鎌倉を知らない僕は、マオのおかげで迷わず『おもひで堂』に辿り着けたようだ。

「優しいお兄さんたちがいるから大丈夫って言ってたけど……昔の家みたいな店だなぁ」

ぼろぼろな店に少し不安になった僕は、ビクビクしながらゆっくりと少し重たい扉を開けた。

「変なの……」

店の中には珍しいものがたくさんあった。棚には色の付いたガラスの瓶が並び、仕切りのある箱には綺麗な石がしまわれている。

天井から下がるランプはダイヤモンドみたいにキラキラしていて、ボウルに山盛りになった色んな形の歯車はとてもかっこ良かった。

「いらっしゃいませ」

長い髪をひとつに縛った綺麗な店員さんは、僕の抱いた猫をじろじろと見ている。

「あの……おばあちゃんに言われて……来ました」

「もしかして、その猫はマオで、お客様は海斗さん、でしょうか？」

「………」

どうして分かったんだろう。まだ何も言っていないのに。

僕はちょっと怖くなって黙り込む。

「私は、『おもひで堂』の店主の南雲といいます。そこにいるもう一人の店員はエイトさんです」

丁寧に挨拶されたので、僕も返事をすることにした。

「僕は海斗です。この猫はマオです」

するとエイトさんと呼ばれた人がカウンターの中から出てきた。散髪に行くのをさぼっているのか、前髪で顔が半分くらい隠れている。

大人っぽい南雲さんと違って、エイトさんは高校生か大学生だろう。

「はじめまして、海斗くん。エイトです。来年中学生なの？　思ったより可愛いな」

エイトさんは腰を屈め、僕の頭を撫でた。ちょっと馴れ馴れしい。

僕は生きていれば十二歳だけど、なぜか見た目は小学校三、四年生くらいらしい。

だけどそれは器のことで、僕の魂には、見た目も年齢もない。チャコールグレーのT

シャツとカーキのパンツは、たぶん僕がイメージするお母さんのコーディネートだ。

「僕が見えるってことは、ここも黄泉の国、なんですか？」

エイトさんは頼りなさそうなので、南雲さんに訊いてみる。

「ええと、黄泉の国の出張所、とでも言いましょうか。普通は黄泉の国へ旅立たれるかたのお手伝いをしていますので……あちらからのお客様は珍しいですね」

どうやら、僕がここにやってきたのはイレギュラーな出来事のようだ。

「谷原様……海斗さんのおばあさまから、海斗さんのお話はよく伺っていました」

「南雲さん、堅いですよ。子供なんだから、もっとフレンドリーに話したほうがいいんじゃないですか？　ね、海斗くん？」

エイトさんに、僕は少し呆れる。子供だからといってお客様への対応を変えるのはあまり良くないと思ったからだ。

「おばあちゃんが、困っていることがあったら『おもひで堂』に行くといいって言っていました」

「何か困ってる？　お兄さんが相談にのるよ？　ここ、座る？」

エイトさんが折りたたみ椅子を取り出した。僕は素直に腰掛け、二人に向き合う。

早く話を進めたかったからだ。

「実は、お父さんとお母さんのところに行きたいんですが、どうやったらいいのか分からなくて」

「…………えっ」

エイトさんはそう言ったきり、固まってしまった。やはり、頼りにならない。

すると、南雲さんが優しく言った。

「海斗さんは一度成仏されていますので、ご自分から会いに行かれるのは難しいかもしれません。ただ、お盆の時期になれば……」

「そのはずだけど、帰れなくなっちゃって。お父さんもお母さんも、僕のこと忘れたんだと思います」

南雲さんとエイトさんは揃って困った顔をした。僕はいつも大人を困らせてばかりだ。お父さんもお母さんも呆れ果てて、僕のことを考えるのをやめたのかもしれない。だから、家に帰れなくなったのだ。

「僕が……悪い子だから？」

「みゃあ、みゃあ」

それまで大人しかったマオが、僕を慰めるように鳴いた。

「海斗さん、ご両親に会えるよう、私たちがお手伝いいたしますので、ご安心を」

南雲さんだけは淡々とした様子に戻った。無表情であっても落ち着いた口調に、なんだか少し安心した。この人は、悪い人ではなさそうだ。

そこで僕のお腹がぐうと鳴る。

「えっ……嘘だ……」

僕の顔は、恥ずかしさと驚きできっと真っ赤だ。お腹が空くなんて久しぶりかもしれない。

「とりあえず、ご飯にしませんか？」

エイトさんが言い、僕は二人の暮らす二階の部屋へと招待されることになった。

二人のあとについて僕は階段を上る。こぢんまりとした店の上は意外と広い。空間がねじれてしまったようで、どこか不自然な気がした。

二階に上がると、南雲さんが素早くエプロンをつける。

どうやら、南雲さんが食事を用意してくれるようだ。僕はそわそわしてしまった。

「嫌いなものはありますか?」

南雲さんに訊ねられ、僕は「野菜が嫌いです」と答えた。

「手早くできるドライカレーにしましょう」

南雲さんはそう言ってキッチンに立った。

「海斗くん、こっちに座って。お茶入れるから」

エイトさんがグラスに麦茶を注いでくれた。マオにはミルクが用意される。なかなかサービスがいい店だ。

「海斗くんも、しばらくここで俺たちと一緒に暮らすってのはどう? そういうことできるの?」

エイトさんはなぜか楽しそうだ。

「数日間は滞在できます」

「じゃあ、そうしよう。ベッド使ってもいいよ。俺はどこででも寝られるタイプだから。ちょっと殺風景かもしれないけど、なかなか過ごしやすい部屋だよ」

僕はぐるっと部屋の中を見回した。確かに家具も少ないし壁には何も飾られていない、シンプルな部屋だった。静かだけど色んなことが気になって落ち着かない感じが、病室の雰囲気と少し似ている。

「平気です。僕の部屋はいつもこんな感じだから。だけど本当は……」

「え？　何？」

本当はもっと賑やかな感じが好き、そう言おうとしてやめた。

「いいえ。なんでもありません。しばらくよろしくお願いします」

エイトさんは少し頼りないけれど、お世話になるしかない。それに、南雲さんなら、お父さんたちに会わせてくれるような気がする。

「さあ、ドライカレーができました。お召し上がりください」

「うわっ」

白い皿が、ことん、と目の前のテーブルに置かれた。ごはんの上にかかっているのは、カレーで味付けされたとろみのあるひき肉炒め。そして目玉焼きが載っている。

僕は用心深く、スプーンで目玉焼きを持ち上げた。

「やっぱり、これ、にんじんが入ってる……野菜嫌いって言ったのに」

ドライカレーのひき肉に混ざってオレンジ色や緑色がちらほら見える。野菜をみじん切りにしてごまかすなんて、子供騙しだと思った。

「こんなちっちゃいにんじんでもだめなの？　まいったなぁ」

エイトさんが大袈裟に溜息を吐いた。そこで僕は、つい悔しくなって言い返してしまうのだ。

「このくらい食べられます」

たっぷりとスプーンですくって口に入れた。病院の食事も、ちゃんと食べていた。嫌いなだけで、食べようと思えば食べられる。少しくらいは残すこともあるけれど。

あれ？

にんじんの味があまり気にならないことに、僕は驚いた。カレー味の威力だろうか。

「美味しい……」

カレーはちょうどいい辛さだった。目玉焼きは半熟だ。一緒に食べると、とろんとした黄身が、口の中で毛布みたいにカレーを包む。カレーなのに、甘くて優しい味がした。するすると飲み物のようにお腹の中に入っていく。

「たくさん召し上がってください」

南雲さんにそう言われずとも、僕はあっという間に食べてしまった。珍しいことだけど、やっぱりお腹が空いていたのかもしれない。

「海斗くん、にんじん食べられたじゃん。やったな」

エイトさんにグータッチを求められ、渋々と応じる。嫌いなだけで食べられるのに。

言い返そうと思ったがそれもやめておいた。

「にんじんは下茹でしたので、青臭さがあまりないはずです。だけど、入っている野菜は、にんじんだけではありません。ピーマン、玉ねぎ、ズッキーニ、ナス、トマト」

指折り数えながら、南雲さんが言った。

「そんなに入ってるんですか……」

野菜が入っているのは分かっていたが、さすがにゾッとした。騙しうちだ。

「すみません。ただ、にんじん以外の野菜もフードプロセッサーで細かく刻んでいますので、食べやすいかと思います」

正直なところ、南雲さんが言うように、野菜の味も食感もそんなに気にならなかった。それに、こんなにいっぱいごはんを食べたのは本当に久しぶりだった。

「野菜には栄養がたっぷり入ってるしね！」

エイトさんが自信満々に言った。

「栄養はいらないんです。僕、もう死んでいるから」

僕はとっくの昔に死んでいて、ただの魂だ。だからお腹も空かないはずだった。

「えっ……、いや、そ、それは……あ、この野菜もレンバイで買ってきたんですか？」

分かりやすく狼狽えるエイトさんは、南雲さんに話題を振った。

「はい。市場で買ってきました」

「レンバイですよね？」

「はい。野菜市場です」

二人は僕にはよく分からない会話を繰り返す。野菜市場で野菜を買ったからなんだというのだろう。僕が余計なことを言ったせいで、場の空気を変えようとしているのかもしれない。

「ごめんなさい」

とりあえず、大人を困らせるのは悪いことだと反省する。野菜が苦手なだけで卑屈になる僕は、やっぱりまだまだ子供だ。

「久しぶりです。お腹が空いた感じがしたのって。僕たちに食事は必要ってわけじゃないんです。だけど、今日のごはんはすごく美味しかった」

「美味しいと感じられることは、幸せです」

美味しいは幸せ……

南雲さんの言葉に、僕は何かを思い出しかける。だけどそれは、すごく頼りない感じで、イメージの中でぐーんと腕を伸ばしたけれど、つかまえようにもつかまえられなかった。結局何なのか分からなくて、首をひねってしまう。

「じゃあさ、海斗くんの好きな食べ物って何？」

エイトさんに訊ねられ、僕は少し考えた。

「ずっと食べてないけど……ママ……じゃなくて、お母さんのハンバーグ」

豆腐入りのふわふわのハンバーグにはケチャップでもデミグラスソースでもなく、和風ソースがかかっていた。

口の中にふんわりと醤油の香りが広がる。

『海斗、えらいね。今日はいっぱい食べられたね』

仕切りのついたプレートに、お子様ランチのように盛り付けられた僕のごはん。小さなハンバーグ、刻まれた野菜、一口サイズのおにぎり。

『おかわり！』

入院してばかりの僕は、自宅でお母さんの料理を食べるのがとても楽しみだった。もっと楽しみだったのは、おかわりした時のお母さんの嬉しそうな顔だ。

『海斗はハンバーグが好きだもんね』

『うん。だいすき』

優しいお母さんが大好き。

『ママ、だいすき』

『ママも海斗がだーいすき』

もっともっと一緒にいたかった。

だけど、時々イライラして、ご飯を食べたくないとか、外で遊びたいとか、我儘を言ってしまったこともある。あの頃の僕はまだちっさかったから、我慢ができなかった。

そして、僕がどんなに駄々をこねようと、お母さんはいつも笑って許してくれた。

『元気になったらいっぱいお外で遊ぼうね』

たった一度だけ、病院のベッドの中から、泣いているお母さんを見てしまったことがある。

ずっとお母さんと一緒にいたかったけれど、お母さんが悲しいのは嫌だなと思った。

なのに、やっぱり時々我儘になってしまうのだった。

「デザートにジェラートはいかがでしょうか?」

南雲さんの声に、いつの間にか俯いていた僕は、ハッとして顔を上げる。

僕の目の前に置かれたのは、白い器に入った、白いジェラート。

「うわあ、美味しそう」

すぐさま銀色のスプーンを手にとった。

「みゃあ、みゃあ」

マオがジェラートを欲しがって鳴いている。でも、猫にジェラートを与えてもいいのか分からない。僕が悩んでいると、テーブルの向かいから、不穏な視線を感じた。

「あの……南雲さん、俺にはジェラート……ない、ですよね?」

じーっと僕のジェラートを見つめながらエイトさんが言った。

「ありますよ」

南雲さんは冷凍庫からフリーザーバッグを取り出し、エイトさんへと差し出した。

「ご自分で、ぐしゃぐしゃにしてください」

「ぐしゃぐしゃ?」

白い塊が入ったフリーザーバッグを受け取ったエイトさんは、前髪を掻き上げそれへ顔を近づけた。

「これ、ジェラートですか?」

「はい。牛乳、生クリーム、砂糖を混ぜ合わせて凍らせたものです。ぐしゃぐしゃっとしていただければ、出来上がりです」

「南雲さんの手作りだったんですか!」

エイトさんは満面の笑みになると、フリーザーバッグをぐしゃぐしゃっともみ始めた。手作りジェラートよりも、エイトさんの子供っぽさのほうに僕は驚いていた。

「いただきます」

気を取り直して、スプーンで白い山の頂上をひとすくい。口に入れると、すぐさまジェラートは溶けていった。舌がひんやりと冷たい。

「うわ、美味しい!」

もしかして、雪を食べたらこんな味がするのかな。僕は想像して嬉しくなる。

南雲さんは料理の天才かもしれない。またしても、僕のスプーンは止まらなくなった。山を崩しては、口に入れる。ふわんと口の中に、ミルクの香りと砂糖の甘さが広がる。なぜか、お母さんを思い出す味だった。

「お……お母さんに会えるかな……」

そう言ったとたん、鼻の奥がツンとして涙が溢れそうになってしまった。

僕は慌ててごしごしと目をこする。すると、さっきまで甘かった口の中がしょっぱくなってきた。

「海斗くん、大丈夫だよ。俺たちがなんとかするから。ね、南雲さん！」

エイトさんに慰められるのはちょっと悔しい。だけど、今は泣かないよう我慢するだけで精一杯だった。

「あちらとこちらは、案外と思い出で繋がっています。海斗さんにもきっと忘れられない思い出があるはずです。気分転換に、明日は散歩をしてみませんか？　何か思い出すかもしれませんから」

僕とお母さんの思い出はとても少ない。散歩をしたところで、鎌倉での思い出なんか何もない。

「……はい」

だけど、南雲さんの言葉は心地よかった。何か起こりそうな予感がして、素直に頷いてしまうのだった。

（2）

公園のベンチからきらきらと光る海をながめていると、前にも見たことがある景色のように感じられた。僕がこうして鎌倉の海岸に来たのは初めてのはずだから、きっと気のせいだろうけど。

「あ、江ノ島だ」

エイトさんが灯台を指差した。

「あれ……この景色、前にも見た覚えが……」

なぜか、エイトさんも僕と同じような感想を持っているようだ。南雲さんは「そうですか」と独り言のようにつぶやいた。

きっと海の景色なんてどれも似たようなものだ。誰にでも見覚えのあるものなのかもしれない。

「海をながめるのにおすすめの公園です。潮が引いている時は岩場にも下りられますよ」

いつもマイペースな南雲さんの長い髪が風になびくのを見て、とても綺麗だなと思う。マオも連れてきてやれば良かった。今、マオを抱いていないことがとても残念だし、寂しかった。

「海斗さんは、何か思い出しませんか？」

南雲さんの口調は穏やかだった。そして鎌倉での時間は、生きていた時間と比べるとずいぶんゆっくりと流れているように感じられる。

「僕は……別に……」

入り口の信号には『稲村が崎（いなむらがさき）公園前』という表示がついていた。

人はあまりいないけれど、紫陽花が咲いていたり、芝生があったり、のんびりしていい公園だと思う。僕が小さな子供だったら、走り回って遊ぶだろうけど……

「海斗くん、おいかけっこしようか？」

エイトさんがニッと歯を見せた。

「えっ……嫌です……うわっ」

唐突に脇腹をくすぐられ、僕は驚いて飛び退いた。

「いきなり、なんだよ！」

「ほーら、逃げないと、もっとくすぐるぞ」

まったく人の話を聞いていないのか、エイトさんは僕に襲いかかろうとする。

「……くそっ！」

僕はくるりと後ろを向き、急いで階段を駆け上がった。背後から、楽しそうにエイトさんが迫ってくる。

子供かよ！

僕は、リズム良く階段を上る。想像していたよりずっと速く走れている。

体は軽くて、足もよく上がっていた。全力で走っても、少しも苦しくない。

気持ちいい！

「つーかまえた！」

階段を上り切ると、後ろから頭をぐしゃりと撫でられた。

僕はちょっとムッとして、黙ったまま汗ばんだ額をぬぐう。

エイトさんはマイペースにすたすたと、手すりのついた崖のほうへ向かった。

「うわー気持ちいいな。見て、海斗くん」

無邪気な様子で、エイトさんが手招きする。僕は、できるだけはしゃがないようにするつもりだったけれど。

「わー」

うっかり声を上げてしまった。

高台から見下ろす海は、やっぱりきらきらと輝いていた。眩しくて何度も瞬きをする。

——海は広いね。

そこへ、どこからかお母さんの声が聞こえてきた。

——元気になったら、海に入っていっぱい遊ぼう。

前髪の下で大きな目が三日月の形に変わる。お母さんの笑った目を思い出した。

「僕、お母さんと、海に来たことがあるのかも……」

やがて頭の中に、クリーム色のカーテンが浮かび上がった。あれは、ベッドの周りをぐるっと囲むカーテンだ。ふと足下のほうを見ると、お母さんがうつ伏せで眠っている。僕の腕には点滴の管が繋がっていて、そこが病室のベッドの上だと分かった。

お腹の上には、スケッチブック。右手にはうすだいだい色のクレヨンが握られている。どうやら、眠っているお母さんの絵を描いていたようだ。丸や線で描かれただけの単純な絵だけど、お母さんによく似ていた。

僕は少しずつ、お母さんの子供だった頃の自分を思い出していく。

――海斗は絵が上手だね。

お母さんはいつも僕の描いた絵を褒めてくれた。

――みんなで行った、鎌倉の海の絵だね。

画用紙一面を、青と水色のクレヨンで塗りつぶしただけの絵だ。クレヨンは何度も折れて、短くなってしまった。

――海斗のお家は、海斗の美術館になってるよ。

お母さんは僕が描いた絵を、家の壁に飾っていると言っていた。

僕は嬉しくてどんどん絵を描いた。お母さんの顔、お父さんの顔、おじいちゃんやおばあちゃんの顔、大好きなハンバーグ、大きな海、空と雲、それから……それから……

桜の絵……描きかけだった……

僕は大事なことを思い出した。マンションのリビングから見えた、川沿いに咲く満開の桜。とても綺麗だったから、描きたくなったんだ。

お母さんにプレゼントしようと思っていたけれど、時間が足りなかった。ピンク色のクレヨンは、力を入れすぎて、やっぱり途中からポキっと折れていた。

「思い出したようですね」

いつの間に階段を上ってきたのだろう。振り返ると、南雲さんがいた。

「はい。思い出しました」

「その絵を完成させようよ！」

エイトさんが力強く言う。その時ばかりは、変な負けん気は起こらなかった。

「上手に描けるかな……」

僕は少しだけ不安になる。

「大丈夫ですよ。思い出の中に桜はまだ咲いていますから。目を閉じてください」

南雲さんの人差し指が、額に触れた。すると、なんだか眠たくなってきた。僕はゆっくりと瞼を閉じる。こんなところで寝てしまっても大丈夫だろうか。だけど、もう目を開けることはできそうにない。体はほんのりとあたたかくて、心地よかった。

やがて瞼の裏側が白く輝き出し、ひらひら薄いピンク色の花びらが舞い落ちてきた。

懐かしい匂いが鼻を掠める。きっと洗濯物の匂いだ。おひさまの匂いだと思ってい
たけれど、実はお母さんが好きな柔軟剤の香りなんだ。

「海斗、桜が綺麗だよ」

ベランダからお母さんが呼んでいる。

「海斗、おいで」

僕はお父さんに抱き上げられ、部屋の外へと出た。頼りがいがあって優しいお父さ
んの、ゴツゴツした腕の感触が蘇る。

「ほら、海斗、見えるか?」

お父さんにしがみついたまま、僕はそっと目黒川を見下ろした。

そこはピンク色の世界。そして、かわいい提灯(ちょうちん)が一列に並んでいた。賑やかな声
が聞こえてくる。もぞもぞ動いているのは人波で、流れる川を隠すように咲き誇るの
は、美しい桜の花だった。

「すごいねー」

桜は春にだけ全力で咲く。みんなが喜んでくれるように、がんばって美しく咲く。きっと僕にはそんな風に見えたのだろう。

「お母さんね、桜の花、大好き」

だから僕は、一生懸命桜を描いていた。お母さんにプレゼントしたかったから。

「にゅういん、いやだ。いえがいい。おはながみたい」

入院したら桜が見られない。桜の絵が描けない。僕は泣いてお母さんを困らせた。

「来年もまた桜は咲くよ。一緒に見ようね」

今すぐ描きたいのに、来年まで待たないといけないなんて。でも僕はなんとか我慢した。お母さんの大きな目が、少し潤んでいたからかもしれない。

僕はお母さんが大好きだ。ずっと一緒にいたかった。一緒にいられるのなら、もう二度と悪い子になんかならない。いつまでも良い子でいるから……

「また、みようね」

だけど僕の願いは届かない。

結局、二度と桜を見ることはできなかった。

§

真っ白な画用紙をピンク色で塗りつぶしていく。

新品のクレヨンと大きな画用紙は、南雲さんが用意してくれた。

「みゃーお」

僕の膝の上で丸まっているマオは、うとうとし始める。

二階にいるのは僕とマオだけ。マオは大人しいので、絵を描くのに集中できる。

テーブルにはみ出しそうな勢いで、クレヨンを走らせた。

そこで、階段を誰かが上ってくる足音がする。嫌な予感がした。

「海斗くん、進み具合はどう？」

予想通り、エイトさんだった。

遠慮することなく、僕の絵を覗き込んでくる。途端に集中力が切れてしまった。

「ダイナミックな絵だなあ」

「まだ、途中ですから」

僕は画用紙の上に覆いかぶさった。描いているのを邪魔されるのが一番迷惑だ。早く一階の店に戻ってほしくて、僕はしかめっ面になる。

「海斗くんの思い出は綺麗だね。羨ましいな。そんな思い出があるなんて」

いつものエイトさんらしくないので、なんだかしんみりしてしまった。

「エイトさんにも思い出はあるんじゃないですか？」

「どうだろ。海斗くんみたいな、良い思い出だといいけど」

「でも……僕の思い出はちょっとしかないから」

お母さんと一緒にいた時間はとても短かった。生きていれば思い出はどんどん増えていく。僕との思い出はきっと薄まってしまう。

「ちょっと、じゃないと思う。お母さんの中で、海斗くんの思い出はどんどん膨らんでいるんじゃないかな」

「えっ？」

「ご、ごめん、適当なこと言って。だけど、海斗くんのおばあちゃんは、海斗くんの話をたくさんしてくれたよ。友達と走り回って遊んでいるだろうなあって、海斗くんの新しい思い出がおばあちゃんの中にはいっぱいあったよ」

「そうなんですか……へえ」

エイトさんの前では大人ぶってしまったけれど、本当はものすごく嬉しかった。思い出がアップデートされているなんて、思いもしなかったから。

「お母さんに、早くこの絵を見せたいな……」

「そうだね。がんばって」

またしてもエイトさんにグータッチを求められる。

僕は苦笑しながら、拳を突き合わせた。

（3）

「お、美味そうじゃん。今夜はハンバーグか」

お父さんがネクタイを解きながら、ダイニングテーブルをながめて言った。

「海斗の大好物だからね」

お母さんがキッチンカウンターから顔を覗かせる。

「お盆だし、もう帰ってきているかな」

ポケットから出したスマホをテーブルに置くと、お父さんは椅子に座って伸びをした。

もう、帰ってきてるよ。

僕は驚かせないように、部屋の片隅から二人の様子をこっそり窺っていた。マンションのベランダからは目黒川が見える。この川のことを思い出したおかげで、行き先を見つけられたようだ。

「会社の本田部長の息子さんもね、昨年、亡くなっていたそうだ。まだ大学生だったらしいけど。同僚から聞くまで、全然そんなこと知らなくてさ。実はみんなそれぞれ、色んなこと抱えて生きてるんだなあって……」

「そっか。私たちだけじゃないんだね」

エプロンを外しながら、お母さんがキッチンから出てきた。お父さんに缶ビールを渡して席に着く。

「俺さ、今でも海斗の夢見るよ。もうけっこうデカくなっててさ。キャッチボールとかやってんの」

「あはは。それは、お父さんが描きがちな理想の親子像だね」

お母さんは楽しそうに笑っている。

「そう。俺の夢を叶えてくれるんだから、海斗は親孝行な息子だよ」

お父さんはそう言ってビールをごくごくと飲み、美味しそうにプハーッと息を吐く。

その様子を見て、僕はホッとしていた。

お母さんもお父さんも僕を忘れていなかったから。それどころか、僕の思い出を膨らませてくれている。

泣きそうなほど嬉しかったけど、泣かないように我慢した。

あとはプレゼントに気づいてくれたらいいけれど。

僕が描いた桜の絵を、お母さんが気に入ってくれますように。

僕は「どうかお願いします」と手を合わせて祈った。すると、急にエアコンの風が強くなり、壁のカレンダーをバサバサと揺らす。お父さんが、ふと顔を上げた。

「……そう言えばさ、海斗の絵、どっかにしまってるの？　前は壁に貼ってただろ？」

「うん。日焼けして劣化するのが嫌だったから、ファイリングして保管してるよ」

「久しぶりに見てみたいなあ」

「分かった。持ってくるね」

僕はドキドキしながら、お母さんが戻ってくるのを待っていた。しばらくすると、リビングのドアが開く。

お母さんはポスターサイズのファイルを捲りながら、いつもならくりっと大きな目を、その時だけは三日月よりもっと細くしていた。

「懐かしい。海斗、お絵かき上手だったもんね」

「早く見せてくれよ」

お父さんがテーブルをとんとんと指で叩く。

「どうぞ、どうぞ。ゆっくりご覧ください」

料理の皿が並んだテーブルの上にファイルは載り切らず、半分くらい浮いた状態だ。じわりと僕はテーブルのそばまで近寄った。

「これ、俺の顔なんだよな。味があっていい絵だなあ」

褒められてくすぐったくなる。その絵はどう見ても、三歳の子供が描いた、ただのらくがきだった。

「どれもいい絵だよね。もしかしたら将来は、画家とか漫画家になってたかもね?」

お母さんはうっとりした表情で僕の絵をながめている。

「いいね。今日もいい夢を見られそうだ」

お父さんはご機嫌で缶ビールを傾けた。

「あれ……この絵……」

「どうした?」

テーブルの上に咲いたのは、僕が描いた桜だ。お母さんとお父さんは、じっと桜の絵をながめていた。

「……こんなに綺麗に塗れてたかなあ? もっと隙間だらけで……白っぽかったのに……」

「ははは……これが桜だって分かるの、俺たち親だけだな。だけどすごくいい絵だ」

「うん。こんな素晴らしい絵には、もう一生出会えないよ」

それは、一面をピンクに塗りつぶしただけの画用紙。すると、ぽたり、ファイルの上に水が落ちる。お母さんの瞳からこぼれた涙だ。

「迫力があるな……桜の生命力を感じる」

「そして……すごく綺麗。一生大事にする。宝物だよ……」

お母さんはティッシュを取って、ファイルに落ちた涙を拭いた。

「俺たち幸せだな。海斗みたいな、いい息子がいて」

「ほんと、幸せだよ」

桜の絵の上で、お父さんとお母さんは手を握りあった。

良かった――、僕も胸の前で両手を握った。

僕は悪い子じゃなかった。お母さんはプレゼントを気に入ってくれた。

嬉しくて、嬉しくて、僕まで涙がこぼれそうになった。もう小さな子供じゃないから、我慢しなきゃいけないのに。

「海斗、だーいすき」

お母さんがそう言ったとたん、かっと胸が熱くなり、一気に涙が溢れて止まらなくなる。

「お母さん……！」

我慢できなくなって、僕はお母さんにぎゅっと抱きつく。触れることはできなかったけれど、お母さんのぬくもりを感じられた。おひさまの匂いもする。

僕もお母さんが大好き。お父さんが大好き。

恥ずかしいけれど、ずっとこんな風にしたかった。お母さんに甘えたかった。僕は小さな子供だった頃の気持ちを思い出す。

「……あ、なんか」

「なんだよ、さっきから」

「あのね。今、海斗がそばにいるような気がする」

「そっか。帰ってきてるんだな。嬉しいな」

茶色のとろんとしたソースがかかったハンバーグ、それから白いもこもこした野菜。僕の好きだった、のりたまのふりかけがかかったごはん。テーブルの上の、お母さんのごちそうはやっぱりすごく美味しそうだった。

だけど泣いているせいか、ハンバーグの茶色がどんどん滲んで薄まっていく。やがて消えてしまいそうで、不安になった時だった。

「……海斗くん！」

その声に振り返ると、手を振るエイトさんとマオを抱いた南雲さんが、ベランダに立っていた。

僕は慌てて涙を手の甲で拭い、二人のもとへ向かう。

「どうしたんですか！　僕の家までついてきたの？」

泣いていたのをエイトさんに気づかれないかひやひやした。

「あ、いや、なんか、心配になっちゃって」

エイトさんに心配されるなんて、僕もまだまだ子供だと改めて思う。だけど、子供でもいい。ずっと、お父さんとお母さんの子供でいい。

「海斗さん、そろそろお別れの時間です。ご両親にお話があったら今のうちに」

「みゃーお、みゃーお」

僕は南雲さんとマオに励まされ、お別れをする覚悟をした。南雲さんはいつもどおり、淡々と言う。

「また、会えますから。大丈夫ですよ」

「はい」

僕はお父さんとお母さんのほうを向いて、気を付けをした。

「お父さん、お母さん、いつも思い出してくれてありがとう。また、来年来るね」

いつも落ち着いているお父さん。

優しくてかわいいお母さん。

久しぶりに会ったけど、二人の姿はあの頃のままだった。

「今日のこの日も、僕たち家族の新しい思い出になるといいな」

悲しい思い出より、楽しい思い出を覚えていてほしい。

この先も思い出が膨らんでいって、お父さんとお母さんの笑顔がいっぱいになったら嬉しい。

唐突に、目の前に白い光が現れた。光は勢い良く部屋の中をぐるぐると飛び回ると、ふっと消えてしまう。

白い光が消えたあと、壁面には僕の描いた絵がずらりと並んでいた。お父さんとお母さんの絵、海や空の絵、それから桜の絵。色んな色で何の意味もなく、ぐちゃぐちゃに塗りつぶしただけの絵も、芸術的に見えるから不思議だ。まるで美術館みたいだ。僕はわくわくして嬉しくて、飛び上がりたくなった。

お父さんとお母さんはそれには気づかず、話に夢中だ。もしかすると、僕にだけ見えている光景なのかもしれない。

「私ね、生まれ変わってもまた海斗のお母さんになりたい」

「俺だってそうだよ」

僕はとても安心した。またお父さんとお母さんに会えると確信できたから。

「またね……」

何度も、何度も、僕を思い出してね。

できたらそうやって、いつも笑っていてね。

僕もお父さんとお母さんの笑顔を何度も思い出すから。

「海斗くん、こっちこっち」

エイトさんに手招きされてベランダから目黒川を見下ろした。

「うわーすごい」

なぜか、季節外れの桜が満開だ。暗い闇に鮮やかなピンクが浮かんで見える。夜桜は、美しくて幻想的だった。これも、僕たちにだけ見える景色なのだろうか。

びゅうと強い風が巻き起こり、桜吹雪がベランダまで舞い上がった。無数の桜の花びらはベランダを越え、さらに天に届きそうなほど高く飛んでいく。

「きれい……」

花びらを目で追って、僕は手を伸ばす。

僕の手のひらはすでに透けていて、向こう側に夜空が見えた。

だんだんと僕の輪郭はあやふやになっていく。

「おいで」

僕は南雲さんからマオを受け取った。

「僕の絵、大事にしまってたんだって。お父さんもお母さんも、僕のこと忘れてなかった」

「海斗くんの絵は、海斗くんが家に帰るための目印だったのかもしれないね」

エイトさんの言葉がすっと僕に入ってくる。桜、目黒川、壁の美術館、どれもが、僕の思い出で、僕が生きた証だったのだ。

「目印、もう見失ったりしません。今はもう、心の中にあるから」

僕は自信いっぱいに胸を張った。

「そうですね。きっと大丈夫でしょう。気をつけてお帰りください」

南雲さんが優しく言う。いっそう強く風が吹き、桜が再び夜空に舞った。

「エイトさん、南雲さん、さようなら」

いよいよ、僕は消えてしまう。だけど少しも怖くはない。

エイトさんたちが見守ってくれているからかもしれない。

消えていくのは器だけで、魂はいつも帰る場所があると、知っているからかもしれない――

§

「おかえり。お母さんに会えた？」

黄泉の国へ戻ると、おばあちゃんが出迎えてくれた。

「うん。会えたよ。『おもひで堂』のエイトさんと南雲さんが手伝ってくれたから」

「みゃー」

マオがおばあちゃんの足にすりすりする。久しぶりに会えて嬉しいのだろうか。

「あの、すみません、お伺いしたいことがあるんですが」

そこへ、白い着物を着た男の人がやってきて、僕はどきりとしてしまう。きっと黄泉の国の使い人だ。僕がこっそりあちらに行ったのがバレたのかもしれない。

「ご、ごめんなさい……！　勝手にあっちに行って」

「お盆ですから、構いませんよ。実は最近あちらに行かれたかたに、訊ねてまわっているんです。『魂探し』をしておりまして」

僕とおばあちゃんは無言で目を見合わせた。

魂探し？

そう言えば、その言葉を、前にもどこかで聞いたことがある気がする。

「もう亡くなられてずいぶん経っているんですが、魂が到着していらっしゃらないんです。本田光輝さんというかた、ご存知ないですか？　享年二十二歳の男性です」

「分かりませんねえ」

おばあちゃんは首をかしげた。もちろん僕も知らない人だ。

「良かったら、写真もご覧ください。とはいえ、魂だけになった今、姿かたちは器でしかありませんから、同じ見た目とは限らないんですが……」

使い人は、僕たちの前に写真を差し出す。大学生くらいの男の人たちが数人で、海を背景に肩を組んでいる写真だった。

「この、真ん中の人です」

僕はその写真をじっくりながめて目を丸くする。

「……あれ、この顔」

写真の中に見覚えのある顔がある。ふだんは隠れていて見えないけれど、長い前髪の下から覗く目が似ていると思った。

「この人……、知っている人に似ているわ」

おばあちゃんも気づいたようだ。

『海斗くんの思い出は綺麗だね。羨ましいな。そんな思い出があるなんて』

思い出を持たないその人は言っていた。

僕はドキドキしながら胸の前で手を握りしめ、大人なのにやけに子供っぽい、前髪の長い人のことを考えていた。

第四章　薄明(はくめい)の空にさよなら

（1）

部屋を満たす芳(かぐわ)しい香りは、ダイニングテーブル上のコーヒーサイフォンから漂っている。円柱に管のついたロートと丸いフラスコ。独特な形状をしたガラス容器に、理科の実験を思い浮かべた。

コポコポとお湯が沸き上がる音がする。フラスコの中では泡が踊っていた。斜めにセットされていたロートを、タイミングを見計らったかのように、南雲さんは垂直にする。

「売り物なのに、本当に良かったんですか？」

ゆらゆら揺れるアルコールランプの炎に、俺の視線は囚われていた。

「ええ。構いませんよ」

南雲さんは竹べらをロートに差し入れて、コーヒーの粉を撹拌(かくはん)する。

アンティークのコーヒーサイフォンは渋くてかっこ良く、店に入荷してすぐ目についた。コーヒーを淹れたらどんな味がするのだろう。何の気なしに「コーヒー飲みたくなりますね」とつぶやいたら、南雲さんが淹れてくれることになったのだ。

コーヒーカップに注がれていく液体は、赤みが強めの琥珀色に見える。

「どうぞ」

そしていつものように、南雲さんは素っ気ないけれど優しい。この甘やかしはクセになる。

「いただきます」

俺はすっかり南雲さんになついていた。初めて見たものを親と思う、刷り込みのようなものかもしれない。実際に『エイト』の名付け親でもあるのだから。

コーヒーを一口飲み、その味わいに感銘(かんめい)し、「はあ……」と息を吐く。雑味がなく飲みやすいコーヒーは、淹れたての贅沢(ぜいたく)を堪能させてくれた。

南雲さんも席に着き、静かにコーヒーを嗜(たしな)んでいる。

人形のように整った顔立ち、背中まで伸びる手入れの行き届いた長い髪。一見中性的だけれど、体つきはやはり、男性特有の硬めのラインでできている。南雲さんという不思議な存在は、いつしか俺の癒やしで、唯一の拠り所となっていた。

「コーヒー、ウマいですね。ありがとうございます」

俺は心から感謝する。

がらんどうの俺に、「美味しい」を思い出させてくれたことに。

心が疲弊（ひへい）して、何を口にしても美味しいとは思えなかった日々があった。

傷つけて傷ついて、殻に閉じこもっていた日々だ。

少しずつ、少しずつ、俺の記憶のピースは思い出のパズルを埋めていく。もうすぐ完成図が見えてきそうだ。

南雲さんも気づいているのかもしれない。俺が、記憶を取り戻しつつあるのを。

「どういたしまして」

だけどどこまでも、南雲さんは南雲さんのペースだった。どんなことも受け入れて動じない。

いつまでもこの時間が続くわけじゃないことが分かっているからこそ、惜しいと思う。

南雲さんとのんびり暮らす日々を、とても気に入っているからだ。

そして、俺が俺の記憶を取り戻した時、南雲さんとの思い出はどうなるのだろう。

気がかりでしょうがない。

「コーヒー飲むと、落ち着きますね」

二口目は、なぜかコーヒーの苦味が増した気がした。

心地いい時間を手放したくないという思いと、このままじゃいけないという思いがせめぎ合う。

しかし、迷って悩んでも結局は、思い出を受け入れ大事にしていくのが人生なのかもしれない。

そう思えるようになったのは、おそらく、『おもひで堂』で出会ったお客様たちの思い出に触れたおかげだろう。

「俺、『おもひで堂』に辿り着いたあの日、夜の稲村ヶ崎から江ノ島を見たんだと思います」

つい先日、鎌倉海浜（かいひん）公園稲村ガ崎地区に散歩にでかけたのをきっかけに、思い出を閉じ込めていた蓋が大きく開いた。

「そうでしたか」

「それから闇雲に歩き回って、気づいたら、店の明かりが見えて……そしたら南雲さんが声を掛けてくれて……すごくホッとしたのを覚えています」

「はい」

高まる気持ちを邪魔しない、ちょうどいい相槌だった。

「俺、誰かをすごく傷つけた気がします。ただ、俺がどうして死んでしまったのか、そこは分からないけど。ここにいるってことは、もう俺は死んで……そういうことですよね」

南雲さんは、『おもひで堂』の店主であるが、黄泉の国へ魂を案内するのが本業だ。つまり俺の魂も、いずれあちらに行かなければならないのだろう。そのための手続きに手間取っているという状態だろうか。

「申し訳ありませんが、よく分からないのです。彷徨う魂は、死後四十九日を過ぎれば少しずつ濁っていきます。しかし、エイトさんの魂はまだ少しも濁っていない。新しい魂なのかもしれませんし、もしかすると別の理由があるのかもしれません」

南雲さんの憂い顔にきっと深い意味はない。いつも暗い顔をしているので慣れてしまった。

「すみません。南雲さんの言っていること、ほとんど意味が分かりません」

「そうですね。気にしないでください」

「気になりますよ！　もうちょっと分かりやすく！」

さすがに聞き流せず、食い下がった。

「分かりやすく？　そうですね、死んでいるのか生きているのか分かりません、と言えばお分かりでしょうか」

あっさり死んでいると言われドキリとした。しかし、引っかかったのは後ろのほうだ。

「って、生きている可能性があるんですか？」

「期待を持たれると、それはそれで困りますが」

「……でしょうね」

俺はがっくりと肩を落とした。生きている実感は正直言って薄い。お客様だったレイさんや真弓さんや海斗くんと同じような存在であることは、何となく理解している。

たぶん、今のこの状態が、魂、なんだと思う。

「余計なことをお話ししたかもしれません。思い出探しのお手伝いをしますので、どうかあまり気を落とされないよう」

南雲さんが悪いわけじゃないのに、そんなことを言われてはこっちも恐縮してしまう。これだけ良くしてもらって、甘えすぎじゃないだろうか。

そろそろ自分から動き出す時だ。

「あとで、由比ヶ浜に行ってみませんか?」

まだ不完全なパズルのピースを探しに、最初に彷徨っていただろうと推測される、海岸線を見てみたいと思った。

「いいですね」

「あ、お店の営業は?」

「おそらく、今日は誰も訪れないかと」

「そう、ですか……」

コーヒーを飲んだばかりだというのに、覚醒するどころか頭がぼんやりとして眠くなる。店番をしなくていいのなら、仮眠をとっても構わないだろうか。

真っ白な壁、ターコイズブルーのカーテン、カップに溜まり色を濃くした赤褐色(せきかっしょく)

のコーヒー。視界の中で様々な色が混ざり合って、やがて暗い闇となった。

§

「タンコロ、見ていきませんか？」

由比ヶ浜の海へ向かう途中、南雲さんが指差した先には、ぽつんと古びた江ノ電の車両が展示されていた。

昭和初期に製造された車両は、かつて一両編成（単行）だったことから『タンコロ』という愛称がついたそうだ。グリーンとクリームイエローで綺麗に塗装された車体を目指して、俺たちは進んでいく。

「中にも入れるようですね」

中を覗き込んで南雲さんは言った。

「入ってみましょうか？」

南雲さんが手にする紙袋はおそらく昼ごはんだ。

今日のランチは何だろう？

入り口に繋がる階段を上りながら、俺は期待して生唾をごくりと飲む。

しかし、車両へ一歩足を踏み入れたとたん、ランチのことは頭から消えた。

「すご……っ、レトロでかっこいいですね」

内部は床も椅子も木材で、時代を感じさせる重厚さだった。天井の丸いライト、網棚、窓枠のつまみ、運転レバー、それらを穴が空くほどながめる。懐かしい昭和にタイムスリップしたような不思議な感覚だ。

観光客は溢れ、おしゃれな店が増え、どんどん新しくなっていく鎌倉。そこからは正反対の空気を感じた。

「鎌倉に暮らす人たちの思い出そのものなんだろうなあ」

「そうかもしれません」

南雲さんは椅子に腰掛け、紙袋を膝に乗せた。すぐさま、心はランチへと戻る。

「今日の昼めしはなんですか?」

「サンドイッチです。ここでしたら、トンビにも狙われませんし、見るだけなら、どうぞ」

俺はサンドイッチを受け取り、南雲さんの隣に座った。ラップに包まれたハムとチーズとレタスのシンプルなサンドイッチ。美味しそうだ。

「俺もやられたことあるんですよね、トンビに……」

ふいに、滑空してくるトンビの映像が浮かんだ。

——おねーさん、鎌倉での屋外の飲食は要注意だよ。トンビに見つからないようにしないと。

頭の中に自分の声がこだまする。

映像はまだ続いていた。空にはトンビが舞い、目の前には由比ヶ浜の海岸が広がっている。

「あれ……これって、映画のワンシーンじゃ？」

以前、『おもひで堂』のお客様だった真弓さんが話してくれた、神林レイの主演作『君に巡り逢えたら』のイメージと似ている。

オフショルダーのオレンジ色のトップスにジーンズを合わせた女の子が、ベンチに座っていた。

彼女のサンダルの前には、トンビに荒らされた食べ物が散乱している。

呆然としていたので可哀想になり、俺は声を掛けたんだ。

女の子が顔を上げ、目が合った。微笑みかけられ、思わずこちらも笑顔になる。肩のラインでふわふわと揺れる髪。黒目がちで睫毛が長く、すごく可愛い子だ。お互い人見知りしないタイプなのか、初対面なのに会話は弾む。

――玲奈って呼んでいいよ。私のほうが年上だけど気にしないで。

これまでも何度も耳にした、若い女性の声だ。

「……れいな」

浜辺から誰かが俺を呼んでいる。視線を移すと、男が二人、にやにやしながらこちらに手を振っていた。

「そっか……俺……、玲奈と、鎌倉で、出会ったんだ」

鎌倉は知らない街ではなかったと、やっと思い出す。

ふと視界に入った手元の三角のサンドイッチが、ぐにゃり、と歪む。驚いているうちに、バゲットへと形を変えた。手のひらにほんのりパンの温もりを感じ、俺は戸惑う。

「これは、記憶……？」

たっぷりの野菜とこんがりローストされた肉、それからパクチーが挟まったバインミーをしっかりと手にしていた。

するとそこで再び声が聞こえてくる。

——パクチー苦手……

ゆっくり隣を向くと、南雲さんでなく、そこにはしかめっ面した玲奈がいた。

「いったい、どうなって……」

俺は驚いて何度も目をこする。

あっという間に打ち上がって消えた花火のような恋の相手、元カノの宮沢(みやざわ)玲奈がそこにいた。

「ねえ、どうして……?」

玲奈は悲しそうに顔を歪める。瞳は潤んで揺れていた。

「どうして……こんなことになっちゃったの……?」

どうして?　どうして?　どうして?

頭の中で玲奈の声がエコーする。

どうして玲奈と喧嘩してしまったのだろう。

どうして玲奈と別れることになったのだろう。

——真弓さんの記憶が、誰かのものと入れ替わったのかもしれません。

そこで映像とは別のどこかから、南雲さんの声まで聞こえてきた。

——誰かの記憶を映画のストーリーだと思い込んで伝えたのかもしれません。

誰かの記憶、それは俺の記憶だったのだろうか。俺の記憶が真弓さんの頭の中に流れ込んだのだろうか。記憶の中の俺は玲奈を見つめながら考えていた。

すると、玲奈の顔にチラチラとノイズが入る。唐突に耳に流れ込むのは、地下鉄のアナウンスと都会の喧騒。

「今度は何の記憶だよ！　うるさいなっ！」

イライラして頭を振ると静かになった。

記憶の断片が雪崩のように押し寄せてきて、息苦しさを感じる。

思い出したいような、思い出したくないような、不安と焦り。

それでも僅かな希望にかけようと思ったのは、思い出を手に入れた人たちの満足そうな表情を知っているからだろう。

しばらくすると、今度は聞き覚えのあるメロディが鳴り始める。遠くでしつこく鳴り続けるのは、スマホの着信音だ。どんどん音は大きくなり、ついには手元から聞こえ始める。

「……うわ！」

タン、タラタン。

視線を落とすと、手にしていたバインミーは消え、代わりにスマホを握っていた。

ぶるぶると振動しながら、メロディを鳴らす。

そして、スマホのディスプレイに浮かび上がる文字は——

「本田光輝……」

誰だ？

誰の名前なんだ？

着信音は一向に止む気配がない。本田光輝からの着信に、応答すべきかどうか迷う。

知りたいけれど、怖い。

心臓がバクバクと鼓動する。

「だけど……なかったことになんか、できないだろ？」

思い出から目を逸らしたところで、結果は変わらない。

もう逃げるわけにはいかないと、覚悟を決める。

俺はぎゅっと目を瞑り、散らばった記憶のピースに手を伸ばした。

§

あれは一年前の夏——

スマホの着信音に起こされて、ベッドの上で俺は目覚めた。大学から歩いて十五分ほどのワンルームマンション。学生なので、悠々自適の一人暮らしとは言えないが、それなりに充実していた。

単位は足りているし、内定ももらった。大学四年、余裕の夏休み。思いっきり遊んでやるつもりで、スケジュールを埋め尽くした。

「ああ……またか」

スマホのディスプレイには、本田光輝の名前。大学の仲間の一人だ。友達と呼べるほど親しくないし、かといって知らない奴ではない。

連絡はわりと取り合っていて、スマホのアルバムには肩を組んだ写真もある。それでも、友達と呼ぶには決定打に欠けていた。

一緒に鎌倉の海に行った仲間の一人。それが、光輝との距離感を表すのに一番しっくりくる表現だった。

もっと仲良くなりたかった気がするけれど、正直、重苦しく感じられた。昔の自分を見ているようで、目を逸らしたくなった。

光輝は、中学時代の俺だった。誰からも嫌われないように、いい人の仮面をかぶった、その他大勢の一人だった俺。

だからこそ仲良くなれると思ったが、俺は俺自身を買いかぶっていた。

光輝を友達と呼ぶには、俺の中にまだ、過去の自分を受け入れる覚悟がなかったのだろう。それでも少しずつ、歩み寄ろうと努力はしたはずだ。

しかしすでに、うんざりしていたのも否めない。その一週間は特に、光輝からのメッセージと着信履歴がなぜか異様に多かったのだ。

光輝はSNSの投稿も頻繁にしていて、「いいね、クレクレ」にも正直嫌気がさしていた――違う、それは本心じゃない。俺は分かっていたはずだ。光輝はあえてピエロ役をやって、とっかかりを作ってくれていたんだ。

俺は素直に、いいね、して、コミュニケーションの糸口をつかむべきだった。

なのに、どうして。

「めんどくせえ」

あの日の前日は深夜近くまでバイトに入っていて、とても疲れていた。だから、メッセージもSNSもスルーすることに決めた。そう決めたあの頃の俺は、たぶん、調子に乗っていたのだ。

昼過ぎに、再びスマホの着信音で目覚める。

「あ……玲奈!」

その一週間前、鎌倉で出会い、お互い都内に住んでいると知って、連絡先を交換した年上の女の子。フリーターをしながら受験勉強をしていると言っていた。

「ほ、本当に、連絡が来た!」

俺はそわそわしながら、メッセージを確認する。

勉強を見てやると偉そうに約束したけれど、もっと親しくなりたいという下心丸出しなのに気づかれただろうか。

『暇な時、勉強教えてください』

玲奈のメッセージに、思わずにんまりする。

「よっしゃー！」

俺はベッドの上で飛び跳ねた。

嫌われないだけが取り柄の、どこにでもいる普通の自分が、ちょっとだけマシな存在に思える。

恋は、小心者の俺を勘違いさせてしまった。はりぼての自分に満足してしまうほど、現実が見えていなかった。

とにかくその時まで、俺の人生は順風満帆で、だからこそ、調子に乗ってしまったのだろう。

あの夏のイメージは、元気のいいオレンジ色、爽やかなレモンイエローとライムグリーン。玲奈が好きなビタミンカラーに染められていた気がする。

俺たちは、毎日のように待ち合わせして、カフェや図書館で勉強した。たまに水族館や映画にも出かけた。鎌倉にも何度も行った。バイトとデートで大忙しの俺は、大学の仲間たちと遊ぶ暇なんかない。

玲奈に夢中だった俺は、一度だけ『今、忙しい』と返信したあと、光輝からのメッセージをスルーするようになった。既読すらつかないトーク画面を、あいつはどう思っていただろう。

玲奈との関係は順調だったのだ。

映画やドラマみたいに、熱烈な告白をしたわけじゃない。話のついでみたいな感じで「俺たちつきあう?」と訊いたら、「いいよ」と返ってきた。

もしもフラれていたら、「冗談、冗談」と笑い飛ばすつもりだった。俺はそのくらい臆病で、情けなくて、繊細だった。

傷つくのが怖くて、恋愛なんてとてもできないと思っていたけれど、玲奈とならうまくいきそうな予感がしていた。それだけ強く、玲奈に惹かれていた。

「海で花火したいな……」

カフェで勉強している時、玲奈がつぶやいた。

「花火しようよ」

夏が終わるまでにもう一度、由比ヶ浜海水浴場に行って花火をする。そう約束して、指切りをした。

最初の予感どおりに、俺たちはうまくいっていた。

ずっとそれが続くと思っていた。

（2）

『光輝が死んだ』

そのメッセージを受け取った時、俺は怒りを覚えた。

イタズラにしても度がすぎると思ったからだ。

『ふざけんなよ』

だからすぐさま仲間にそう返信した。

『ふざけてない。事故か自殺か分からない。昨日、線路に落ちた』

う　そ　だ

俺は急いでアプリを開き、光輝から届いていたメッセージを遡っていく。

『なあ、まだ忙しい？』

『オレはクズだ』

『お前はいいよな』
『なんでオレだけ』
『またお祈りされた』
『眠れねえ』
『さすがに緊張する』
『やっと最終面接まで来たぜ』
『おいおい、マジかよ』
『今度こそ上手くいくといいけどな』
『ちょ、やべえ。別のとこで残った』
『親が就職浪人するくらいなら大学院に行けって』
『オレの何がダメなの？』
『聞いてくれ。また落ちた』
『オレ、これから面接』
『今、何してんの？』
光輝は仲間内で唯一、まだ内定をもらっていなかった。だけど俺は、たぶん他の奴らも、光輝に内定が出ないことを、そんなに深刻に捉えてなかったような気がする。

光輝はいつも明るくて、まさか悩んでいるなんて考えもしなかったのだ。

いや、そんなのただの言いわけだ。

俺は、調子に乗っていた。就活も大学生活も恋愛もうまくいっていたからだ。

「ちんたら就活なんてよくやってられるな？　光輝もさっさと内定もらって、俺らと遊ぼうぜ」

光輝を鼓舞するつもりで、ノリだけの言葉を発してしまった。

光輝を見ていると、自分まで過去に囚われていくようで怖かったのだ。

だから、光輝のメッセージを無視したのか？

いや、それだけじゃなかった。

本当は、もっと前から、追い詰められていたんじゃないのか？

俺はあの夜を振り返る。光輝を心から消した夜だ。

光輝からメッセージが届く間隔がだんだん狭まっていく。昼夜問わず、着信音が鳴る。深夜三時、『まだ起きてる？』のメッセージに、俺は思わず床に向かってスマホを叩きつけそうになった。

『また、駄目かもしれない』

『また、駄目かもしれない』

『また、駄目かもしれない』

延々と続くネガティブなメッセージは、思い上がった俺への報復なのだろうか。

ごめん、ごめん、ごめん。

俺は心の中で何度も謝ったはずだ。

『また、駄目かもしれない』

『また、駄目かもしれない』

『また、駄目かもしれない』

俺は運が良かっただけだ。俺だって、もしかしたら光輝の立場だったのかもしれない。だから、許してくれ。

ごめん、ごめん、ごめん。

何もしてやれずにごめん、と真っ暗な部屋の片隅で怯えながら蹲（うずくま）った。光輝からメッセージが届くかもしれないという恐怖が俺を蝕（むしば）んでいく。順調だったはずの俺の目から、なぜか涙が溢れた。

このままじゃ心が壊れてしまうと悩みながらも通知をオフできずに、点滅するスマホの画面をぼんやりながめていた俺は、一体誰だ？

俺は再び画面をスライドして、最後のメッセージに戻る。

『朋也、なあ、まだ忙しい？』

朋也――、それが、俺の名前だ。

すぐさま自室マンションの洗面室に行き、鏡の前に立った。そこには、長い前髪をセンターパートにし、襟足（えりあし）を刈り上げたヘアスタイルの、郡司（ぐんじ）朋也が映っている。少し吊り目のくっきり二重。間違いなく、忘れかけていた自分の顔だった。

「この顔を見るの、久しぶりだ……」

頬をさすりながら、考えをまとめていく。

「そうか、俺は、記憶の中に入り込んでいるんだ」

これは、失われた記憶を辿りながら、再び思い出を手に入れるための作業じゃないだろうか。

「ということは……」

あの日の行動を振り返り、俺はスマホで光輝のSNSを確認した。最後の投稿は二日前だ。

『オレが消えれば悩みも消えるってこと?』

そこに、いいね、はひとつもない。

確か、夏の勢いがまだ醒(さ)めやらない、昨年九月の第一週目だったはずだ。

光輝の葬儀はしめやかに執り行われた。祭壇の写真を前にすると、急激に悲しみが込み上げ、苦しくなったのを思い出す。「お願いだ、もう一度、目を覚ましてくれよ」と、俺は泣き崩れてしまった。

仲間に抱きかかえられて葬儀場を出たあと、しばらくぼんやりと空をながめていた。

それは、夢と現実の狭間(はざま)にいるような感覚。

もう二度と、光輝とは会えない。

取り返しのつかないことになった。

心の中は後悔という涙でひたひたになる。

ノリだけの言葉なんてかけるべきじゃなかった。

もっと思いやれたはずなのに。

目を覚ましてくれよ――

心の中で何度も叫んだ。

ところが、そう俺が願ったからだろうか。あいつは、本当に目を覚ましてしまった。

そんなこと、起こるわけないのに、起こってしまった。


「なあ、まだ忙しい？」

光輝が俺の部屋にやってきたのは、葬式が終わった翌日だった。

「またお祈りされたよ」

お祈りとは、企業から送られてくるお祈りメールのことだ。「ますますのご活躍をお祈りいたします」という一文が末尾に添えられていることから、そう呼ばれている。

すなわち、不採用通知のことである。

「せっかく最終まで行ったのになあ」

それから毎晩のように死んだ光輝の幽霊を見るようになった。

正確には、幽霊だなんて信じてはいない。

心が病んで、幻影を見ているのだと思っていた。

俺が光輝のメッセージを無視したせいだ。

俺が光輝にいいねしなかったせいだ。

俺が光輝を死に追いやったのかもしれない。

『また、駄目かもしれない』

『また、駄目かもしれない』

『また、駄目かもしれない』

俺が光輝を――

最後に光輝に送ったメッセージを思い返しては、後悔で泣きそうになる。

『今、忙しい』

死にたくなるほど悩んでいた仲間を、俺は冷たい一言で切り捨てたのだ。本当は、いつか友達になれるはずの相手だった。そうなりたいと願っていた相手だった。なのに、突き放してしまった。それだけ、俺も追い詰められていたのかもしれない。

「親が大学院に行けって言うんだよ」

俺の部屋をうろつくのは、さっぱりした短髪に人の良さそうな顔をした青年だ。そんな光輝が、誰かを恨んで化けて出てきたとは思えなかった。

やっぱりおかしくなったのは俺のほうだろう。

「本当はオレが先に、玲奈ちゃん見つけたんだぜ。可愛い子がいるなあって」

光輝がしたり顔で言う。

玲奈とはまったく連絡を取らなくなった。光輝に怯えて震える自分のこんな姿を、玲奈に知られたくない。

ましてや、こんな俺では、玲奈まで傷つけてしまうかもしれない。それだけは避けなくてはならない。こんなこと、もう二度と繰り返してはいけない。今の俺にできるのは、玲奈と距離を取ることだけだ。

もう、終わりだ。

心配してマンションまでやってきた玲奈を、先日は追い返してしまった。俺のひどい態度に、玲奈もきっと怒っているはずだ。

もう、何もかも終わりだ。

このままこの部屋で、壊れてしまった俺は一人寂しく終わるだろう。

しかし、そんな沈んだ気持ちとは裏腹に、光輝の声はどこまでも陽気だった。

「楽しかったな、スイカ割り。俺、また鎌倉の海に行きたいな」

延々と語り続ける光輝に怯えながら、俺はベッドの上で布団に包まって、汗だくになっていた。

逃げ出さなければ呪い殺される——、そう思った俺は部屋を飛び出し、自転車で夜を走り抜けようとした。

§

だらだらと額から汗が滴るのを感じながら、目を開ける。

「エイトさん、大丈夫ですか？」

すると、正面に憂い顔の南雲さんが立っていた。

「ここは、『おもひで堂』ですね……」

キラキラと煌めくランプを見て、鎌倉の雑貨店に魂が戻ったのだと分かった。俺はカウンターの中で、椅子に座っている。

「南雲さん、俺、思い出しました。俺はエイトじゃなくて、郡司朋也です」

窓の向こうに人影が見えた。額の汗を腕で拭いながら、考えを整理する。

相変わらず店の前の通りに人はいるけれど、中を覗き込む素振りもない。彼らに『おもひで堂』は見えない。彼らは生きているのだと思い知る。

「俺は、平気で人の心を傷つけてしまうような人間でした。自分のことばかりで、他人を思いやれなかった。死んでいたとしても、自業自得です。俺は最低の人間だ」

南雲さんは、ふう、と小さく息を吐いた。もしかすると、情けない俺に、呆れているのかもしれない。

「だとして。私にできるのは、思い出を探すお手伝いをすることだけです」

「な、なんか……冷たくないですか？　南雲さんなら、俺の気持ち分かってくれるかなって……だから、話したのに」

「…………」

南雲さんはただじっと俺を見返すだけだった。

分かっている。本当は分かっている。

俺の言っていることはむちゃくちゃだ。

自業自得だと言いながら、きっと本心では「あなたは悪くない」と言ってほしいのだ。そんなことは許されない。光輝を苦しめたのは俺かもしれないのに。

俺は最後まで、甘ったれで、みっともなくて、みじめな人間だ。

悔しくて、恥ずかしくて、涙が滲んだ。

なのに、言いたいことが止まらない。悲しくて、苦しくて、叫ばずにいられなかった。たった一度の失敗が、こんなことになるなんて思わなかった。

「俺……それでも……まだ生きてたかったんだよ！　仲間と遊んだり、ちゃんとした大人になって働いたり、もっと、もっと玲奈と恋をしたかったんだよ……！」

たった二十二年間しか生きられなかったのだ。みっともないくらい、悔しがったっていいはずだ。

両親はどんな気持ちでいるだろう。

大学を卒業して社会人になり、一人前になった姿を、もう少しで見せることができたのに。

そうやって、生きてさえいれば、失敗したって挽回するチャンスはまわってきたかもしれない。死んだら、どうしようもない。死んでしまったらやり直しはきかない。

どんなことがあっても諦めずに、生き抜く道を模索すべきだった。なぜなら——

「死んだら……大事な人を抱きしめること、もうできないじゃないですか……！」

参考書と格闘して難しい顔をする玲奈。

かき氷を食べて眉を顰める玲奈。

水槽の可愛い熱帯魚に微笑む玲奈。

思い出は、胸を切り裂くような切なさを与えた。

もっと一緒にいられると思っていた。思い出さなければ、こんなに苦しまずに済んだのだろうか。魂だけの俺に、思い出は必要なかったのだろうか。

——約束だよ？

指切りをした時の、感触が小指に灯る。

「……花火」

チリチリと燃える線香花火を思い描いて、俺はハッとした。

「花火？」

南雲さんが聞き返してくる。

少し寂しげな表情に、申し訳ないことをしたと改めて反省する。

まだ混乱している頭を両手で支える。

落ち着け、落ち着け、落ち着け。

胸の中で何度も繰り返した。

もしかしたら、光輝も、悔しかったのではないだろうか?

もっと生きたいと思ったのではないだろうか?

今の俺ならば、少しは光輝の気持ちが分かる気がする。

だとしたら、今の俺がすべきことは……

「あ、すみません。大きな声を出したりして。南雲さんは悪くないです。俺が未熟者っていうか……とにかくすみません。俺、南雲さんのことすげえ尊敬しているし、大好きだし……あ、何言ってるんだ。と、とにかく南雲さんのこと傷つけたとしたら、謝ります。いや、謝って済むもんじゃないけど」

「大丈夫ですよ。エイトさん……いえ、朋也さんのお気持ちは分かっています。落ち着かれたのでしたら、欲しいものを仰ってください。どうか、私の仕事をさせてください」

「……はい。分かりました」

俺は大きく深呼吸をした。

この儀式の先に何があるのか、もう知っている。俺が今すべきことは、欲しいものをオーダーする、それだけだ。

「でも、俺が行ってしまったら、南雲さんは一人きりになるんじゃないですか？」

「はい。そうです」

「あの……、余計なことかもしれませんが、寂しくないですか？」

「仕事がありますから」

いつもと変わらず淡々と言われてしまっては、返す言葉がない。いつかこんな日が来ることは、分かっていたはずだ。

気持ちを静め、背筋を正して、俺は注文する。

「線香花火が欲しいです。あ、それから、スイカも！　って、ありますか？」

俺のオーダーは、すでに雑貨店の範疇(はんちゅう)を越えている。自分で頼んでおきながら、少し笑ってしまった。

「承知しました。ご用意します」

しかしどこまでも、南雲さんは真面目に答える。それがまた、ありがたかった。俺はスッキリとした気持ちで、「お願いします」と頭を下げた。

「そうだ、お代は、どうすればいいんですか？」

「現金をお持ちでなければ、あちらに行かれてから手続きしてください」

「そんなことできるんですか？」

「はい。海斗さんのお代も、あちらに行かれたおばあさまによってお支払い済みです」

「は、はあ」

南雲さんの言うことはたまに難しい。

黄泉の国とは、どんなところなのだろう。俺は少しだけ不安になる。

理解していることと言えば、死者が行くところ、というだけだ。

命の期限は、どうにもならない。

どんなに生きたくても、叶わないこともある。

「……分かりました。じゃあ、後払いで」

俯きかけた顔を上げ、南雲さんに笑顔を向ける。

だけどまだ、俺にはやらなければならないことがある。

どう生きるかは、自分で決められるはずだ。

思い出があれば、なんとかなる。不思議と、不安がすっと消えていく。

SNS映えする世界に慣れてしまった俺は知らなかった。他人の顔色ばかりを窺っていた過去の俺はもっと知らなかった。

なんでもない日々でさえ、煌めきをもった時間だったということを。

出会った人たちに、心から溢れ出る言葉を伝えなければならなかったことを。

毎日の美味しい食事が、満腹になってうとうとする瞬間が、どれだけ幸せかってことを。

それらすべてを、俺は知らずに生きていた。

心に残る思い出は、特別な出来事ばかりじゃない。

日常の延長線上にある、ありふれた時間のほうがよほど多かったはずだ。

楽しい時、嬉しい時、それから、悲しい時や寂しい時も。俺と時間を共有してくれた人たちに、改めて感謝したい。

思い出をありがとう。

思い出が、今の俺の存在を確かにしてくれている。

それから、思い出の美しさを教えてくれたお客様たちに、大事なことを思い出させてくれた南雲さんに、心から感謝したい。

「南雲さん、ありがとうございます。俺、南雲さんと会えて、良かった」

するとと、少しも表情を変えずに、南雲さんは言うのだ。

「思い出を大事にしてください。新しい人生が有意義なものとなりますように」

新しい人生?

あちらでの暮らしのことだろうか。

もしくは、生まれ変わることができるのだろうか。

何があろうとも、魂でしかない今、その答えを知ったところでどうしようもない。

そこで、奇妙な感じがした。

南雲さんの美しい造形が、歪んで溶けていく。棚のガラス瓶は青い光を放ち、鉱物はカタカタと音を立てていた。

天井から下がるランプが左右に大きく揺れ始め、がくん、と床が下がった。

「うわっ」

視界にギザギザの黒い割れ目が走る。時空が裂けている感覚がした。

「南雲さん!」

砂埃が舞った。咄嗟に息を止めるが遅い。咳(せ)き込みながら、俺は辺りを見回した。

南雲さんとの思い出はどうなるのだろう。

この世界と同じように、パラパラと砕け、やがて粉になっていくのだろうか。だとしても、俺は忘れない。

南雲さんの姿はすでに曖昧だったけれど、見守ってくれているような気がする。手を伸ばせばまだ触れられそうな距離に、温もりを感じた。

光が差し込み、埃がチラチラと輝き出す。まるで、天使の梯子(はしご)のようだ。

もうお別れなのだと思うと、やはり涙が浮かんだ。いつも憂鬱そうな表情だけど、温かくて美味しい食事を用意してくれる南雲さん。母親みたいで、友達みたいで、神様みたいな存在。

「南雲さんを忘れません」

南雲さんと過ごした日々を胸に抱いて、ゆっくりと目を閉じた。

（2・5）

［朋也へ］

いつも迷惑かけてごめん。だけどもう、俺からのメッセージは、朋也には届かないんだろうな。

俺のこと、ウザいって思っているかもしれない。面倒くさいって思っているかもしれない。それでいいんだ。間違ってない。俺はそんなヤツだ。

だけど朋也は優しいから、俺のことをスパッと切ることができなくて、悩んでるんじゃないかな。

きっとそのうち、「光輝のメッセージ、無視してごめん」って、申し訳なさそうな顔で謝られそうな気がする。

だけどそんなことしなくていいんだ。朋也は悪くない。

友達との距離感が分からない、俺が悪いんだ。

中学に入学してしばらくした頃だった。小学校から仲良しだったグループの全員から無視されるようになった。理由は分からない。前日までいつもと変わらなかったんだ。なのに突然、誰も俺を見なくなった。そこにいないかのような態度になった。

担任には言えなかった。言ったら、もっとひどいいじめに発展するかもしれないと思った。当然、親にも言えなかった。心配かけたくなかったんだ。苦しかったけど、俺は耐えた。ここで学校を休めば、負けになる。だけど、学校に行けばどんどん心が削られる。限界が近づいていた。

だから、何も考えないことにしたんだ。

俺は無になることにした。

誰にも心を開かなければ傷つくこともない。

それにもう、他人を信じることなんかできなかった。

だからそっと、感情を閉じ込めることにした。

そのまま高校生活も一人で過ごした。友達がいないことにはもう慣れた、そう思っていたけれど――

「ゼミの飲み会、本田くんも来るよね？」

大学で朋也に声を掛けられて、閉じ込めたはずの感情が内側で膨れ上がった。

「あれ？　名前、間違った？　本田光輝くんじゃなかった？」

俺からの返事がないことに、朋也はとても焦っていた。あの時、同級生に名前をフルネームで呼ばれたのが久しぶりすぎて、どう反応すればいいか分からなかったんだ。

「全員出席だから、よろしく」

「店の場所が分からない」

断ろうとして咄嗟に俺はそう言った。

「一緒に行こう。帰りも道が分からなかったら駅まで送る」

明るくて面倒見のいい朋也に、俺の心はいつの間にか解きほぐされていった。

人懐っこい朋也はすでにたくさん友達がいたけれど、さらに俺の場所も用意してくれた。

「光輝はにこにこしてればいいんだって。みんないいヤツだから、すぐに仲良くなれるよ」

朋也と友達になれた俺は無敵だった。

過去の自分と決別したつもりになっていた。

朋也に友人として選んでもらったことで、浮かれていたんだ。

俺という存在を忘れられたくなかった。二度と無にはなりたくなかった。誘われればどこにでも行くし、みんなの意見に百パーセント合わせるし、盛り上げ役にだって徹するし、とにかく俺を見ていてほしかった。

だけどやっぱり俺は俺だった。あの日、そのことに俺は気づいたんだ。

着信音が鳴り、メッセージアプリを開く。

『本田も誘う？』

『どっちでもいい』

ゼミ仲間のグループトーク画面に凍りついた。友人AとBは、個別に会話をするつもりが、発言先を間違えたのだろう。

単なる飲み会の打ち合わせだ、気にするな。頭はそう判断するが、体が冷えて震え始める。

俺は『どっちでもいい』存在なのだ、という事実を受け止め切れずにただ動揺した。

『本田も参加だろ！』

間違いに気づいた友人Bのフォローにも俺の震えは止まらない。いや、彼らは友人ですらなかったのだ。

自分はやはり必要のない人間なのだと思い知った。俺はまた一人になるのかもしれない。無になるのかもしれない。それも仕方ないと、諦めかけた時だった。

『光輝が参加しないなら、俺も行かない。つまんないし』

発言してくれたのは、朋也だった。

朋也にはなんてことない一言だったのかもしれない。だけど俺には特別だった。俺は存在してもいいんだ。嬉しくて誇らしくて、泣けてきた。

『行くに決まってるだろ！』

泣きながら、その一言を送信した。

よせばいいのに、俺は再び舞い上がる。そして、どんどんおかしくなっていく。

俺は、朋也を失いたくなくて、朋也が自分から離れていくのが怖くて、朋也にいつも見ていてほしくて、毎日ＳＮＳにネタを投稿するようになった。

朋也からの、いいね、は俺の存在価値そのものだった。

いいね、が減ってくると、『面白い画像載せたから見て』とメッセージを送った。つきあいのいい朋也は必ず、いいね、してくれる。だけど、しばらくすると、また反応が薄まっていく。

朋也に彼女ができたと知ったのは、ゼミ仲間が話題にしていたからだ。

その頃にはすでに、朋也と顔を合わせることもほとんどなくなっていた。

大学を卒業したら、朋也の心はもっと俺から離れてしまうだろう。

朋也はさっそく内定をもらったのに、俺はこのままじゃ就職浪人だ。

社会人になった朋也は、俺になんか見向きもしなくなるに違いない。

朋也、俺、どうしたらいい？

朋也、俺を見捨てないでくれ。

朋也、助けて。

朋也からの、いいね、がまったくない。誰からも見てもらえない。頭の中が洗濯機の中のようにぐるぐるしている。頭の中で回っているのは、ひらがなだった。

やがて、無秩序だったひらがなが整列する。すると、『どっちでもいい』という文章になった。

『オレの何がダメなの？』

何もかも嫌になる。逃げ出してしまいたい。どうすれば——

『オレが消えれば悩みも消えるってこと？』

俺はその一文をSNSに投稿してログアウトした。朋也を追い詰めようとしたわけじゃない。その時は、自分のことしか考えられなかったんだ。本当に、ごめん。謝って済む問題じゃないけど、ごめん。もう、朋也に依存したりしない。だから許してほしい。

それからしばらくして、俺は、変わろうと決めた。

時間がかかったけれど、やっと気づけた。

俺は、一人じゃなかった。ずっと、一人なんかじゃなかったんだ。


『光輝？　元気にしてる？』

就職のことを心配した両親から頻繁に連絡が来るようになっていて、最初は邪魔くさいと思っていた節もあったけど、結局は救われたんだ。

『この前の話の続きだけど、お父さんはね、焦らなくていいって思ってるのよ。大学院に進学してからでも就職するのは遅くないと思う。だけど、あなたの人生はあなたのものだから、自分で決めていい。ただね、光輝は私達に心配かけないように、いつも一人で頑張ってるけど、気を使わなくていいの。いつまでも子供のことを心配するのが親っていう生き物なんだから。良かったら、もう少し、親らしいことさせてくれない？』

「オレ……頑張ってなんかない」

『光輝は頑張ってるよ。中学も高校も休まず通い続けたじゃない。偉かった。辛かったね』

電話口の母親の声が掠れた。それで、両親はあの頃の全部を知っていたと気づいた。両親は俺がいじめに遭っていたことに感づいて、学校と連携を取りながらずっと見守っていてくれたそうだ。大事にならないよう慎重に対処してくれていたと知って、心から感謝した。いじめがエスカレートしなかったのも、俺の自尊心がギリギリ保たれていたのも、両親のおかげだったのだから。

一人きりで生きているつもりだったけれど、俺は両親の愛情に守られていた。

「はい。もう少し、甘えさせてください。オレ、今度こそしっかり勉強して、一人前になれるよう努力するから。父さんにも伝えて。よろしくお願いします」

俺は、今度こそ、卑屈な自分を消そうと決めた。

消極的な友人関係なんかいらない。

俺は、俺らしく、生きていこうと思う。

誰の視線ももう気にしない。

受け身でなく、自分から友達を見つける。

そう決意したら、心がすごく軽くなった。何日も眠れなかったのが嘘みたいだ。

青空の下、晴れ晴れとした気持ちで、大学に向かった。地下鉄の駅のホームへと、階段を下りる俺の足取りは軽やかだった。

未来はきっと明るい。楽しい夏が何度もやってくる。俺の人生は一度や二度の失敗でつまらなくなるほどヤワじゃない。

それでもできるならば、賑やかな夏をまた迎えたい。

朋也から頼ってもらえるような俺になりたい。

朋也、俺、頑張るから。いつかまた、一緒にスイカ割りしような！

（3）

視界の先には、リノリウムの床。俺は顔を上げて、辺りを見回す。前方に、点滴スタンドを押しながら廊下を行く、パジャマ姿の男性が見えた。すぐそばを、看護師が早足で過ぎていく。

「……病院？」

両サイドに並ぶ病室に、ここが病棟だと気づく。すぐさま、ネームプレートに『郡司朋也』の名前を見つけた。

「俺の名前だ……どうして？　あ……」

右手には線香花火を持っている。南雲さんが用意してくれたのだろう。スイカはまだない。忘れているのだったら困るが、なんらかのルールがあるのかもしれない。

「とりあえず、ありがとうございます」

ここに花火があるということは、俺はまず、あの約束を果たしに戻ってきたということだ。

取っ手に手をかけ、病室の扉をスライドさせる。本来なら軽く動くはずの扉が重く感じられる。とても集中力を必要とした。

「……ふう」

やっと、中へ入ることができた。

病室の窓際にはベッドがあり、誰かが横になっている。上半身はカーテンで隠れていて、足下しか見えない。

ゆっくりと近づいていくと、もう一人、ベッド脇の丸椅子に女性が座っているのに気づく。

「……玲奈」

もしかして、と思ったけれど、やはりそうだ。Tシャツにデニムのスカート、そこからほっそりとした足が伸びている。髪は少し伸びたのかもしれない。ゆるめに後頭部でまとめられている。

玲奈の横顔をじっと見つめながら、懐かしい気持ちになる。こうして会うのは、どのくらいぶりなのだろう。

ふとカレンダーが目に入り、泣きながらドアの前に立っていた玲奈を追い返した夜まで、一気に記憶が巻き戻される。

俺の中では一瞬だけど、現実世界ではあれから一年の月日が過ぎていた。

「どうして……こんなことになっちゃったの？」

ぽつりと玲奈がつぶやいた。

「……ああ」

玲奈からベッドへと視線を移す。

覚悟はしていたが、やはり混乱した。

ベッドの上に横たわるのは、酸素マスクを付け眠る〝俺〟だ。

どうしてこんなことになったのか、俺自身もさっぱり分からない。

「でも、待ってるよ。朋也、待ってるよ」

玲奈はあれからずっと、俺を待っていたのだろうか。

「……冗談だろ。だって、たった数週間、つきあっただけなのに」

玲奈は、どんな気持ちでこの一年間を過ごしたのだろう。

そのことを思うだけで、胸が苦しくなる。

もしかして俺はまだ、かろうじて生きているのだろうか。

とはいえ、もう一年という月日が流れている。現代の医学でなんとか生かされている状態なのかもしれない。

こうして魂のまま彷徨っているのだから、あまり良くない状況であることは想像できる。このまま目覚める可能性が低いと考えるほうが妥当だ。

ある程度の覚悟はできていたはずなのに、現実を前に、ただ呆然とする。

「急がないと……」

しかし、やらねばならないことがあって、ここに来たのだ。

おそらく時間はさほどないはずだ。気持ちを切り替えねばならない。

どうにかして、玲奈に感謝を伝える方法はないだろうか。

「玲奈、ありがとう。花火、受け取って」

玲奈のトートバッグに線香花火を入れる。一緒に花火をすることができずにごめん、と心の中で謝った。

そして、ドキドキしながら、そっと玲奈の肩に手を伸ばす。

触れることはできなかったけれど、抱きしめるようなイメージで玲奈の身体に腕を回した。

触れられないことがもどかしくて、そして悲しい。照れてなんかいないで、自分をさらけ出せば良かったと悔やまれる。

じわりと、胸の奥底から熱いものが込み上げた。抑えようとしても到底無理だ。瞳がじんじんとし、顔が火照る。

どうしようもなくうごめく感情を胸に、この時ばかりは、みっともなくてもいいような気がした。情けない姿でも、伝えなければならないと思った。

「……玲奈は生きて。そして、幸せになって。約束守れなくて、ごめん」

堪らず瞳から溢れた涙が、玲奈の肩へと落ちる。しかし、涙の雫は、玲奈に触れることなく床へと落ちて、ふっ、と消えた。

生きているうちに、こんな風にできれば良かった。

ちゃんと好きだと伝えて、抱きしめることができれば良かった。

家庭の事情で高校を中退しても、バイトでお金を貯め、大学進学を目指していたがんばり屋の玲奈が眩しかった。強くてしなやかな生き方は、彼女をますます美しく見せていた。

玲奈を応援するスタイルを取りながら、支えられていたのは俺のほうだ。玲奈が大好きで、そして憧れていた。

鳥居の向こう側を走る江ノ電の映像が浮かんだ。踏切を渡った先に、ミントグリーンのワンピースを着た玲奈が微笑んでいる。

まるで、映画のワンシーンのようだ。だけど、映画ではない。すべて現実だった。

いつか、『おもひで堂』のお客様だった真弓さんが教えてくれた映画の内容が、俺の記憶そのものだったのだ。神様の悪戯なのか、忘れたくない夏の恋の思い出が、真弓さんによって語られたというわけだ。

映画と違うのは、あの時、玲奈にしっかりと気持ちを告げることができなかったところだろう。

俺は、傷つくことが怖くて、無駄に時間を浪費してしまったようだ。

勇気を出していれば、もっと心を近づけることができたかもしれないのに。俺は涙を拭いながら、「カッコ悪」とぼやいた。

すると、玲奈が「分かった」と顔を上げる。

「朋也はやさしすぎるんだよ。それでたぶん、こんなことになったんだと思う。だけどね。だけど私、そんなやさしい朋也が……好きだよ」

眠る俺の手を握りしめ、玲奈は言った。

「こんなこと言うのは照れるけど、朋也が、普通の高校生活を送れなかった私の、青春だったんだよね。過ごした時間は短くても、私の青春の全部が、朋也との時間の中にあったよ。高校の友達とは距離ができて、新しい環境では同年代の知り合いもできなくて。あの頃の私には、朋也だけだった。朋也が気さくに話しかけてくれたあの瞬間から、きっと、恋に落ちるのは決まっていたんだよ。デートしたり、勉強したり、アイスを半分こしたり、パクチーの入ったバインミー食べたり。私が夢見ていたこと、朋也が全部叶えてくれた。本当に嬉しかっ……たっ」

玲奈が涙声になり、俺もますます胸が熱くなる。

「朋也が私のこと嫌いになっても、私……ずっと、朋也のことが好きだから」

「お……、俺も、ずっと、玲奈が好きだ」

すごく照れくさくて、心臓はバクバクして、震えるほど気持ちは昂った。

俺の最後の思い出が、玲奈との思い出で良かった。

涙のせいか、視界がひどくぼやけている。

「好きだ、玲奈。言えて、良かった」

ベッドで眠る俺の形はぐにゃりと曲がり、やがてただの線となり、ぐるぐると螺旋(らせん)を描いていった。

その頃にはもう、腕の中の玲奈の姿はほとんど見えなくなっていて、ただ息遣いや体温だけを感じるのみとなる。

俺が終わっていく——終わるのは、もっと悲しくて怖くて苦しいのかと思っていた。

だけど今は、とても気持ちいい。

思い出に包まれているからかもしれない。

ジジジと音を立てながら、体の周囲をぐるりと取り巻くのは、俺の記憶を映し出したフィルムだ。フィルムのコマが目の前でどんどん送られ、映像となる。古い映画のようにノイズが入り、画(え)は乱れていた。

両親と行った遊園地で食べたソフトクリーム。

幼稚園の遠足で、お弁当をひっくり返したこと。

学校をサボって、校長室に呼び出された中学時代。

鎌倉の海で、大学の仲間とスイカ割りをして遊んだ夏。

玲奈と出会って、一生分の恋をした夏。

思い出は、ノスタルジックで情緒的な、ショートフィルムの連続だった。すべてを見終えたあと、充実感に満たされる。

気づくと俺は一人、鎌倉の海岸に立って、夜が明けていく水平線をながめていた。視界はオレンジと紫のグラデーションで染まっていく。

「玲奈、俺、光輝のところに行くよ」

これから世界は始まるというのに、瞼が重くてもう目を開けていられない。

「さよなら」

皆が目覚める朝に、俺は眠りにつく。

少し寂しい気持ちで、空へと手を伸ばした。

§

目を開けると、虫食いの穴が無数に見えた。気持ち悪くて寒気がする。

「俺……確か……撥(は)ねられて」

今、俺の頭の中にある最後の記憶は、国道を自転車で横断しようとして、正面から走ってきたトラックに撥ねられた瞬間だった。

ということは、ここは天国だろうか。いや、違う気がする。

天国ならば、もっと爽やかで気持ちのいいところのはずだ。

「……まさか、地獄？」

そうつぶやいた時、ガタン、と近くで物音がした。

声のするほうを見ると、驚いた顔をして口元を押さえる、一方的に別れたはずの元カノの玲奈がいた。

「朋也……！」

「玲奈……ええと、色々ごめん」

まだ意識は混沌としているものの、次に会ったら謝ろうと思っていたのだけはかすかに覚えている。

「えっ……何？」

玲奈が耳を寄せてきた。どうも声が聞き取りにくいようである。

「だから……」

俺はまどろっこしくなって、口を覆うマスクを外した。

「きゃあ！」

玲奈は叫び声を上げて一歩下がる。

動き出した俺を見て、まるでゾンビでも目にしたかのように怯えていた。

「か、看護師さん、呼ばなくちゃ……ど、どうしよう」

「そこのナースコールを押せばいいんじゃない？」

俺はベッドの柵に下がるボタンを指差した。

「どうして、そんなことまで知ってるの？」

どうして、と言われても別に理由はない。

頭に浮かんだことを、適当にしゃべっているだけだ。

説明しようにも、俺だって状況が呑み込めていないのだから仕方ない。

「だいたい、そこらへんにあると思って」

「と、朋也ー！」

「わっ！」

そこでいきなり、玲奈が抱きついてきた。しかも、かなりぎゅうっと、強めに。

「良かった、良かった」

「玲奈、ごめん……ちょっと、苦しい」

「嬉しいよー」

「あの、だから……」

玲奈の甘い香りとやわらかな感触に、俺の心臓はドキドキしっぱなしだ。

いつのまに、こんなに親しくなったんだっけ？

つきあっていたといっても、ほんの数週間だったはずだ。毎日のように時間を見つけては会っていたけれど、盛り上がりの少し手前で俺はモタモタしていた。ちゃんと気持ちを伝えられずに、もどかしく思っていた。

そこで、ベッドサイドモニタのアラームが鳴り出す。心拍数がとんでもないことになっていた。

トラックに撥ねられたあと病院に運ばれたのだな、とそこでぼんやりながら理解し始める。すると、言うべき言葉が、自然と口から出てきた。

「玲奈、あの……ありがとう。それから、俺、玲奈のことが好きだ。すごく好きだ」

玲奈が泣き始めたため、あやすように背中をさすってやった。

とにかく、長い夢から、俺はやっと覚めたようだ。

これからはきっと「新しい人生」が始まる。

新しい人生って、なんだ？

思いがけずかっこいいセリフが出てきたことに、自分自身が一番びっくりする。

ふと天井を見上げると、虫食いのような柄の石膏（せっこう）ボードが見えた。ようやく、ここが病室で、天井の模様を地獄と勘違いしていたのだとはっきり分かり、つい笑ってしまうのだった。

（4）

事故に遭った日、俺は自転車で鎌倉に向かっていたそうだ。しかも、真夜中に。そして、トラックに撥ねられ意識を失い、一年近く眠り続けた。

しかし、どうしてそんな無茶をしてしまったのか、理由は覚えていなかった。

親しかった友人を亡くしたばかりでショックを受けていたのだと説明されたが、それだけが理由だとはとても思えない。

何か大事なことを忘れているような気がするけれど、どうしても思い出せなかった。

とはいえ、生きているという事実だけで今は充分だ。

忘れている過去よりも、これからの未来を考えなければ。

そうしているうちに、九月の下旬、季節は秋になっていた。

海沿いにある墓地は、広々として開放的で爽やかだった。石造りのモダンな水場や、芝生に並んだコンパクトな墓石が、まるで外国の景色のように映る。

「光輝くんって、スイカが好きだったの？」

暗めのワンピースを着た玲奈は、隣で不思議そうな顔をしている。

大きなスイカを抱えたスーツ姿の男が、整備された墓地の中を歩いていたところでさほどおかしくはないはずだ。

「いや、正確には、スイカ割り、かな」

怖がらせたくないから黙っているが、夢の中に出てきた光輝がそう言っていたのだから仕方ない。事故に遭う直前の、おぼろげな記憶だ。

お供え物と言えば、故人の好きなものや旬の果物が定番だろう。季節はもう秋だけど、スイカは秋の季語だし俺的には問題ないとした。

玲奈は「ふうん」と、納得したのかしていないのか分からない、適当な相槌を打った。そしてすぐに、別の話題へと変わる。

「朋也は、前髪切ったほうが似合うね」

「そうかな?」

「うん。イケメン度が上がった」

「はいはい」

照れくさくて適当に流したけれど、顔はどうしてもにやけてしまう。

俺と玲奈の交際は復活して、玲奈いわく一度も別れていなかったらしいけれど、とにかく、俺たちはうまくいっていた。

一年も入院して、内定も取り消しとなり、何の取り柄もない俺だけど、生きている。

生きているから、何だってできる。

「朋也、照れてる～」

「うるさいです」

これからもずっと、玲奈と一緒にいたい。

いや、ぜったい、一緒にいる。

だから俺は、懸命に生きようと思う。そうでないと人生がもったいないからだ。

ふいに、風に乗って線香の匂いが鼻元に届く。

玲奈の歩幅に合わせてゆっくり歩いているところへ、前方から喪服(もふく)を着た夫婦がやってきた。

「本田部長ってやさしそうな方ね」

「そうだね。信頼できる上司だよ」

夫婦とすれ違う時に会話が聞こえる。

「ところで、今日の晩ごはん何？」

「和風ハンバーグ」

とても仲が良さそうでいい感じだ。

俺と玲奈もあんな風になれたらいいなと考えて、また一人で照れてしまった。

「朋也ー！」

遠くから仲間の一人が俺の名前を呼んだ。

「なんだよそれ！」

光輝の墓の前に集まっている仲間たちが、俺の抱えたスイカに気づき、ざわつきだした。

「スイカだー！」

大声で叫び返したあと、光輝の両親がいるのに気づき首を縮める。皆は俺の様子を見て笑っていた。

大学時代の仲間はすでに社会人になっていて、彼らの環境は様変わりしていた。ずっと入院していた俺にすれば、おいてけぼり感がないわけではない。それでも、俺たちの間には、一年に一度は必ず集まろうと約束が交わされている。友情を、こうして繋いでくれたのは、光輝に他ならない。

「朋也くん、ありがとう」

光輝のお父さんにスイカを渡すと、感謝されてしまった。俺は恐縮してしまう。

「光輝くんとの思い出が、スイカ割りだったので……」

ただし、心からの供養（くよう）であることには違いない。

「そうでしたか！　それは良い話を聞きました」

光輝の両親はそろって愉快そうに笑っていた。

「すみません」

俺は少しばかり冷や汗をかく。

だけどきっと、賑やかなお彼岸(ひがん)を光輝なら喜んでくれるはずだ。それだけは確信していた。

§

墓参りから一週間後、俺と玲奈は新宿駅で待ち合わせた。これから二人で鎌倉へ向かう。これは、デートである。

玲奈は秋らしいボルドーのプルオーバーに、くるぶしまであるベージュのフレアスカートを穿(は)いていた。つまり、ひどく大人っぽい。

エイトボールがプリントされたTシャツの上にシャツを羽織り、いつものよれたジーンズを穿いただけの俺は、気後れしてしまう。昔からファッションセンスは皆無だ。

「忘れずに、花火持ってきた?」

髪を掻きながら訊ねると、玲奈はにっこり笑って「もちろん」とバッグから線香花火を取り出した。

一年越しの約束をやっと果たすために、俺たちは鎌倉を目指す。

夕方ラッシュ時の混雑を覚悟で、湘南新宿ラインに乗った。予想通り座席は確保できず、俺は玲奈と乗客との間に立ち、揺れから彼女を守るようにドアの端に手をつく。

「夜の鎌倉ってどんな感じなんだろう」

玲奈が俺を見上げて言った。

「暗い……たぶん、暗い」

「夜が暗いことくらい分かってるよ」

俺がふざけたのだと思って、玲奈は笑っている。

だけど、ふざけてはいない。俺が知る鎌倉の夜は、本当に夜よりも暗くて深い闇だった。

どこか不気味で現実離れしたような感覚を思い出す。

だけど、その闇の先には温かな光があって――

『This is a Shonan Shinjuku Line train special rapid service……』

ぼんやりしていると、英語の車内アナウンスが耳に流れ込んできた。

「朋也？　どうしたの、ぼーっとして」

顔の前で手をひらひらとされ、我に返る。

「なんでもない」

「ダメ。これからはなんでも話し合うって決めたでしょ」

少し強めの口調で言ったあと、玲奈は頬を膨らませた。

「いや、だから、本当にただ、ぼーっとしてただけなんだって」

「お願い。もう勝手に一人でどっかに行ったりしないで」

俺の胸に顔を埋めて玲奈が言った。

「わ、分かってるって。ちょっと、ここ、電車の中だから」

周囲の視線を気にしながらも、俺はだらしなくにやけてしまうのだ。いつまでもモタモタしている俺に比べ、玲奈はどんどん積極的になっていく。こそばゆい感情に、俺は戸惑うばかりだった。

そうこうして鎌倉駅に着いた頃には、すでに日は暮れていた。早速、江ノ電に乗り換え由比ヶ浜を目指す。

到着すると、海水浴シーズンを終えた由比ヶ浜の海岸は真っ暗で、他に人影もない。あるのは、綺麗な夜景だけだった。

「貸し切りビーチだね」

静かな浜辺に玲奈のはしゃぐ声が響く。

「さっさと花火して戻ろう。終電に間に合わなくなる」

俺は冷たい海風にぶるっと体を震わせた。

「間に合わなかったら、泊まっていけばいいじゃん」

「……えっ」

暗くて、玲奈の表情はよく分からない。

「ここらへんでいっか。朋也、火、付けて」

玲奈は砂浜にしゃがんで、線香花火を取り出した。

風を避けて、用意しておいたライターで火を付ける。

すると、チリチリと震えながら火の玉が作られた。

やがて火花を散らし、線香花火は勢いづき始める。

「アオハルだなあ」

「花火が？」

「私、家の事情でちゃんと高校にも行ってないでしょ？　友達もいないし、こういう青春ぽいことやったことなくて。だから、朋也と出会ってからの私は、ずっと青春の中にいるの」

「そっか……ごめんな。約束なかなか果たせなくて」

「朋也……私……」

玲奈の切なげな表情にドキリとした瞬間、線香花火の火の玉がぽたり、と落ちた。

再び玲奈の姿が夜に包まれる。

「すごく、怖かったよ。朋也が目覚めなかったらどうしようって。本当は、すごく、すごく、怖かった……っ」

玲奈は今どんな顔をしているのだろう。

夜の海岸に、嗚咽だけが聞こえていた。玲奈を隠す闇の中へと俺は腕を伸ばそうとして、慌てて引っ込める。

あやうく抱きしめてしまうところだったが、今の俺に、玲奈を慰める資格はあるのだろうか？

足下にはまだ線香花火が残っている。ひとつ取り出し、火を付けた。

火の玉が、玲奈の泣き顔を浮き上がらせる。

「……俺も、怖かった。俺のせいで、光輝は死んだのかもしれない。俺の言葉が、アイツを絶望させたのかもしれない。そう考えると怖くて、夜も眠れなかった。玲奈と一緒にいたら、玲奈のことも傷つけてしまうかもしれない。そう思うと、連絡もできなかった。情けない俺で、ごめん」

泣きながら、ぶんぶんと玲奈は首を横に振る。

「光輝は俺になんて言ってほしかったのかな。俺に励ましてほしかったのかな。どうして俺はあの時、光輝を思いやることができなかったんだろう……俺、すげえ嫌な奴だ。光輝はクズなんかじゃない、クズは俺……なんだよ……」

じわり、と涙が浮かぶ。

堪えようとした涙が溢れて頬を伝った瞬間、線香花火の火花は弱まり、火の玉は砂の上に落ちた。

「朋也、朋也……お願い」

玲奈の手のひらが俺の両頬に触れた。

「お願い、私を見て」

「……え？」

「私がいるよ。情けなくてもクズでもいいよ。私は朋也がいい」

線香花火の火の玉はないはずなのに、青い光に照らされた玲奈の表情がはっきりと見える。

「もう一人にならないで。私を一人にしないで」

「わっ！」

首にしがみつかれ、俺は尻もちをつく。

涙をごしごしと拭ったところで、玲奈の背後に青い光が漂っているのが見えた。

「なんだ、これ。玲奈、ちょっと、後ろ見て」

玲奈の背中をぽんぽんと叩く。

「後ろ？　きゃ……」

「すげえ」

そこには、ゆらゆらと揺れる青い光。

俺たちの前に広がる海が、青く発光しているのだ。幻想的な光景に息を呑む。

「綺麗……」

玲奈はうっとりしたように溜息を吐いた。

打ち寄せる青い波に見入っていると、今にも吸い込まれそうになる。

「夜光虫かな？」

俺はボソリと言った。

「夜光虫？」

「海洋性のプランクトンで、大量発生すると、夜にこうやって光を放つんだよ」

「すごいね……」

線香花火のことも忘れ、俺たちは光る海から目が離せなくなった。

——仲良くやってるじゃん。

すると、背後から聞き覚えのある声がする。

——本当はオレが先に、玲奈ちゃん見つけたんだぜ。

玲奈には届いてないようで、何の反応もない。ただ海に見惚れていた。

俺はゆっくりと後ろを振り返る。

「よ！　元気だった？」

予感はしたが、やはり間違いない。

そこに立っているのは、本田光輝だった。

いや、正しくは光輝の亡霊なのかもしれない。

それにしては、生きていた頃と同じ調子で、人の良さそうな笑顔を浮かべている。

幽霊のわりに、迫力に欠けていた。

事故の前のあれは夢の中の出来事だと思っていたのに、再び同じようなことが目の前で起きている。

「朋也、探してたんだぜ。どこ行ってたんだよ。まだ、忙しい？」

〝お前こそ、こんなところで、何してるんだよ？〟

俺は、心の中でそうつぶやいた。

「何してるって、お前ら全員、オレがどんなに話しかけても無視するし。オレ、なんか悪いことした？　したんだったら謝るよ」

思いがけず、光輝から返事があったことに俺は狼狽えた。そして、事故の日までの記憶が、不完全ながらも形になってくる。

「ちょ、待て。今、俺ら会話してる？」

隣で、玲奈がびくりと肩を震わせた。

「な、何、突然？」

「あ、ごめん。今、俺、光輝と話してるから。少しの間、静かにしててくれるかな？」

「う、ん……」

玲奈を怖がらせたくはなかったけれど、光輝と話をしなければならない。

俺は戸惑う玲奈を気にしながらも、光輝に向き直った。

「なんだよ、オレが見えてるなら、無視すんなよ」

光輝がホッとしたような表情になる。

「見えてるっていうか、俺が病んでて、幻影を見ているって思ってた。前にも、俺の部屋に来たよな？」

「そんなこともあったな。朋也すげえ怯えてて、面白かった。幽霊でも見たような顔してたもんな」

「だって、そうだろ？　お前、死んでるじゃん」

「何の冗談だよ」

「冗談じゃねえよ」

光輝の顔つきがみるみる変わる。驚き戸惑い、そして、何かを理解したような表情だった。

「……マジか。でも、どうして……」

「光輝、お前、悩んでたんじゃないのか？　死ぬほど、辛かったんじゃないのか？　俺、お前の話、もっと聞いてやれば良かったたって後悔してる。俺のこと、恨んでるよな……だって……友達、だったのに」

やっと、その時、俺は確信が持てた。

光輝は、友達だった、と。

光輝がいなくなった日々は、ぽっかりと心に穴が空いたようだった。光輝からの着信がないスマホは、ただの機械のように思えた。光輝のいない大学の講堂は、知らない場所のようだった。

いつも自然と仲間の会話に溶け込んで、にこにこしている光輝がいるだけで、安心できたのだ。

「……ごめん。俺、お前のこと助けてやれなかった。大事な友達を、助けられなかったんだ」

しかし光輝は、いつもの笑顔に戻る。

「何、言ってんの、お前。オレは助けられてたよ。朋也がいたから、楽しかったんだよ。恨むって、何の話？　バカじゃねえの？　一人だったオレに声を掛けて、お前らのグループに入れてくれたの、朋也じゃん。他人と話をするの苦手だって打ち明けたら、ただにこにこしとけばいいって、アドバイスくれたの朋也じゃん。あんなに大勢の友達ができて楽しかったの、人生で初めてだった。中学も高校も一人だったからさ、すっげぇ楽しかった。オレ、お前に、感謝してるよ。大学に行って、朋也と出会えたことに、本当に感謝してる」

泣き虫な俺は、またうっかり涙を浮かべてしまい、慌てて手の甲で拭った。

「……俺ごときに、感謝するやつがいるかよ」

「ははは。朋也とこんな風にまた話せるようになって良かった。そうだ、あの日、もし大学で朋也に会えたら、オレから声掛けようと思ってたんだ。だけど、会えなかったのか……」

「俺に話したいことがあった？」

「うん。ああ、そっか。朋也に話したいことがあって、大学に向かったんだった。だけど、オレ、あまり寝てなくて、駅のホームでふらついて……そのあとどうなったんだっけ」

「そ、そうか……」

ふらついて足を踏み外したのか。

光輝が思いがけない理由で亡くなったのを知り、俺は驚く。

光輝の死は、自らホームに落ちたのではなく、不慮の事故だったのだ。だとしたらなおのこと、俺は光輝の話が聞きたくなった。光輝は俺に、何を伝えようとしていたのだろう。

「今度こそ、ちゃんと聞くから、俺に伝えようとしたこと全部教えてほしい」

俺は懇願するように言った。

「実は、朋也へ宛てたメッセージ、スマホの中にあるんだ。長文だけどいい？」

「えっ？　あ、ああ。もちろん」

光輝が目の前でスマホを操作すると、俺のスマホから着信音が鳴る。すると、一年以上前の日付で、光輝からのメールが届いていた。

「そこに全部書いてある。暇な時に読んでくれ。それにしてもなんで、オレ、鎌倉にいるんだろうな……」

光輝は腕を組んで首を傾げた。そのすっとぼけた感じが、なんとも光輝らしい。

「……それは」

ふと俺の脳裏に、国道を走る自転車から見た鎌倉の夜の映像が浮かんだ。

あの時の俺は、どこかなげやりで、それでいてすごく高揚した気持ちになっていたはずだ。

まるで、生と死の境にいるような、ふわふわとして曖昧な存在になった気がしていた。

そんな揺らいだ世界を彷徨っていたら、一軒の店に辿り着いたのだ。

そこの店主は俺に良くしてくれた気がする。髪が長くて、すらりとした……

「南雲さん……」

たぶんそれらはきっと、病院で眠っている間に見た、長い夢なんだろう。

そして今も、もしかするとまだ夢の中なのかもしれない。

「あのさ、光輝。鎌倉に『おもひで堂』って雑貨店があるんだ。そこを訪ねるといいよ。そして、スイカを売ってくれって頼め」

「雑貨店にスイカなんか売ってるのか？」

「だから……とにかく、行けば分かるから。そこで欲しいものを言えば、思い出せるはずだ。お前の、大事な思い出が、そこにあるんだ」

光輝は腑に落ちないような顔をしていたが、渋々と頷いた。

「うん。分かった。オレ、行ってくるよ」

「鎌倉駅を目指せば、分かるから」

「あざす」

光輝が笑いながら軽く手を上げる。

「あ、それから。オレに何かあったとしても、あまり悲観的になんないでくれよ。どうせなら、朋也たちと馬鹿騒ぎしてたオレを思い出してほしいんだ」

「うん。分かった……そうする。ていうか、分かってた」

友達だから、なんとなく分かっていたのだ。光輝が、どう弔ってほしいと願っているのかを。

すると光輝は満足そうな表情になる。

「楽しかったな、スイカ割り」

そして、すうっと闇の中に消えてしまった。拍子抜けするほどあっさりとした別れに、何だか狐につままれたような気分になる。

俺がしばらく夜の闇を見続けていると、玲奈に肩を揺らされた。

「朋也、大丈夫？　光輝くんとのお別れ終わった？」

今にも泣き出しそうな声に、俺は申し訳ない気持ちになった。

「あ、ごめん。終わった。たぶん、ちゃんと挨拶できた」

「良かったね。夜光虫は光輝くんのお供だったのかな。青い光が消えていくよ」

玲奈が言うように、波打ち際の青い光はずいぶんと淡くなっていた。視線を上げると、鎌倉の海はもう真っ暗で、相模湾を囲む夜景が見えるだけだ。

それが本当に夜光虫だったのかは分からない。しかし、不思議で美しい光景が見られたのは貴重な出来事だった。

「ねえ、朋也、私も、雑貨店に行ってみたい」

どこか会話にも思える、奇妙な俺の独り言を聞いていた玲奈は、どうやら『おもひで堂』に興味を持ったらしい。

「玲奈は、まだ今はダメだよ。いつか、二人で一緒に行こうな」

「一緒にね」

安心したように玲奈は微笑む。

俺は勇気を出して玲奈の肩に腕を伸ばし、優しく抱き寄せた。不自然な流れでなければいい。心臓がかなり激しく鼓動していた。

「ずっと、一緒にいてください」

そして、俺の頼りない声が、波音に消されていないことを切に願うのだった。

§

それは、いつかの夢の続きかもしれない。

鎌倉駅の西口から続く御成通りを少し入ったところに、『おもひで堂』という雑貨店がある。店先に、人の良さそうな顔をした青年が立っていた。

彼は窓から店内を覗いたり、店の前をしばらくうろうろしたあと、意を決したように扉を開けた。

店内に一歩足を踏み入れ、中の様子に彼は軽く怯んだ。普段、行かないような店である。

様々な形の、透明な瓶や青い瓶。神秘的な鉱物が入った木箱や、山盛りになったスチームパンクな歯車。天井から下がるのは、美しいカッティングが施されたガラスのランプ。それから、セピア色の地球儀に、穴が空いたジョウロもある。

「かっこいいな」

アンティークのコーヒーサイフォンをしげしげとながめながら、彼はつぶやいた。

「いらっしゃいませ」

店の奥から出てきたのは、ノーブルな絵画から抜け出してきたような容姿をした人物。艶やかな長い髪をひとつに縛った、美しい男性だった。白いシャツに黒のパンツ、こげ茶のギャルソンエプロンを腰に巻いている。

「店主の南雲です。お探しものですか？」

「ええと……スイカ。スイカ？　いや、オレ……、何を探してたんだっけ」

彼は美しい店主を前に緊張したのか、大事なことを忘れてしまった。

しかし、店主は言うのだ。

「大丈夫ですよ。私が思い出を探すお手伝いをいたします」

無表情な顔と淡々とした話し方だけでは、彼はきっとまだ分からないだろう。

だけど俺は知っていた。その店主がいずれ、美味しい料理と、癒やしの時間を与えてくれるのを。その店主が、どれだけ慈悲深く、あたたかな存在であるのかを。

その人は、人生を支えてくれる思い出そのものなのだと、俺は知っていた。

思い出とは自分をかたち作るもの。存在を存在たらしめるもの。

優しくてあたたかで、涙が溢れそうなほど愛おしい、美しき思い出。思い出は、この世に生を受けたものすべてに与えられる、心の宝石なのだと思う。

そして、鎌倉にある雑貨店には、忙しい日々に埋没してしまいがちだけど、実はいつも寄り添ってくれていた思い出たちが、儚げに煌めきながら店先に並んでいるだろう。

§

タン、タラン。タラ、タタン。

スマホの着信音で目を覚ます。俺はぼんやりしながら腕を伸ばし、枕の上あたりを探った。やっとスマホを手にすると、目をこすってディスプレイをながめる。

『起きろー面接だよ！　朋也、がんばれ！』

玲奈からの激励と着信履歴に、俺は思わずにやけてしまう。

今の俺は調子がいい。彼女は可愛いし、毎日のごはんは美味しいし、最近ランニングを始めたせいか体も引き締まってきた。

何より、光輝が遺(のこ)してくれたメッセージが、今の俺を勇気づけている。

――未来はきっと明るい。楽しい夏が何度もやってくる。

既卒就活という不利な条件であるが、最終面接まで辿り着き、今日こそ運命の日である。学生時代はまったく視野に入れていなかった業界だけど、なかなか自分と相性がいいような気がしていた。

遠回りをしたら、案外、面白い景色が見えてきた、そんなところだろうか。

「って、調子に乗りすぎだな」

カーテンを通して朝日が部屋を照らす。

ハンガーラックには、真新しいスーツがかかっている。

革靴は昨夜しっかり磨いた。

アイロンのかかったハンカチも忘れない。

今はもう、思い出の中にしかいない大切な友達のぶんも、俺は生きていく。諦めず前のめりで、人生を楽しむつもりだ。

そうして充実した人生を送ったあと、天国で再会したら、たっぷりと思い出を語ってやろうと思う。

光輝、待ってろよ。俺、頑張るから。

「よおし、やってやりますか！」

カーテンを開け、全身に太陽の日差しを浴びる。魂が叫び出しそうなほど、力がみなぎっていく。

何度目かの、俺の「新しい人生」は、今まさに、始まろうとしていた。

この世界で僕だけが透明の色を知っている
糸鳥四季乃
itou shikino
アルファポリス
第3回ライト文芸大賞
切ない別れ賞
受賞作品
どうか、消えないで――
儚くも温かいラストが胸を刺す
珠玉の青春ストーリー
桧山蓮はある日、幼なじみの茅部美晴が、教室の窓ガラスを割る場面を目撃する。驚いた蓮が声をかけると美晴は目に涙を浮かべて言った――私が見えるの？
彼女は、徐々に周りから認識されなくなる「透明病」を患っているらしい。蓮は美晴を救うため解決の糸口を探るが彼女の透明化は止まらない。絶望的な状況の中、蓮が出した答えとは……？
◉定価：726円（10%税込）　◉ISBN:978-4-434-28789-3
◉Illustration：さけハラス

未央は、古民家に住んでいる新人BL漫画家。彼女は、あやかしである白狐と同居している。この白狐、驚いたことにBLが好きで、ノリノリで未央の仕事を手伝っていた。そんなある日、未央は新担当編集である小鳥遊と出会う。イケメンだが霊感体質であやかしに取り憑かれやすい彼のことを未央は意識するように……そこに白狐が、ちょっかいをいれてくるようになって——!?

◉定価:726円(10%税込)　◉ISBN:978-4-434-28558-5

◉Illustration:カズアキ

この作品に対する皆様のご意見・ご感想をお待ちしております。

おハガキ・お手紙は以下の宛先にお送りください。

【宛先】

〒150-6008 東京都渋谷区恵比寿 4-20-3 恵比寿ｶﾞｰﾃﾞﾝﾌﾟﾚｲｽﾀﾜｰ 8F
(株) アルファポリス　書籍感想係

メールフォームでのご意見・ご感想は右のＱＲコードから、
あるいは以下のワードで検索をかけてください。

アルファポリス　書籍の感想　検索

ご感想はこちらから

アルファポリス文庫

古都鎌倉おもひで雑貨店

深月香（みづきかおり）

2021年 4月30日初版発行

編集－矢澤達也・宮田可南子
編集長－太田鉄平
発行者－梶本雄介
発行所－株式会社アルファポリス
〒150-6008東京都渋谷区恵比寿4-20-3恵比寿ｶﾞｰﾃﾞﾝﾌﾟﾚｲｽﾀﾜｰ8F
TEL 03-6277-1601（営業） 03-6277-1602（編集）
URL https://www.alphapolis.co.jp/
発売元－株式会社星雲社（共同出版社・流通責任出版社）
〒112-0005東京都文京区水道1-3-30
TEL 03-3868-3275
装丁イラスト－鳥羽雨
装丁デザイン－AFTERGLOW
印刷－株式会社暁印刷

価格はカバーに表示されてあります。

落丁乱丁の場合はアルファポリスまでご連絡ください。

送料は小社負担でお取り替えします。


ISBN978-4-434-28790-9 C0193